Ilane de KOPPEL

LE SALON

© 2021, Ilane de Koppel
Édition : BoD – Books on Demand,
12/14 rond-point des Champs-Élysées, 75008 Paris
Impression : BoD - Books on Demand,
Norderstedt, Allemagne
ISBN : 9782322394524
Dépôt légal : Septembre 2021

12 MAI 1985

Zacharie stationnait sa voiture devant la porte de son immeuble. Pour une fois qu'il trouvait une place à proximité il était satisfait. Il avait été faire des courses et son coffre était plein. Il avait acheté tout ce qu'il fallait pour fêter dignement les dix-huit ans de son fils ce soir.

Il descendit de voiture et en ouvrant le hayon arrière, regretta d'avoir déposé les enfants au foyer des jeunes. Seul, il allait devoir faire plusieurs voyages. Il prit autant de sacs qu'il pût et sonna chez lui, espérant que sa femme puisse lui ouvrir. Il attendit quelques instants mais l'interphone resta muet. Il déposa ses sacs et composa le code d'entrée. La porte de l'immeuble émettait un bruit qui le fit sourire. Son fils, Timothée, disait que cela ressemblait à un rot. Le hall sale comme s'il y avait eu un va et vient, le surpris. Il y avait des morceaux de carton, de la poussière et le sol était maculé de traces de pas. Il n'y avait pas, à sa connaissance, de déménagement prévu dans la résidence. L'ascenseur était dans le même état, ainsi que sur son palier, les traces s'arrêtaient devant sa porte.

Il eut un pressentiment et mit la clé dans la serrure en tremblant. Comme pour ne pas découvrir tout de suite ce qu'il craignait, il entra en baissant la tête et prit le temps de déposer ses paquets.

Le couloir était vide. Posé à même le sol, le téléphone grésillait. Machinalement, il reposa le combiné et s'aperçut que certains tableaux avaient disparu. Le portemanteau avait été arraché du mur. Le meuble, où il avait l'habitude de déposer ses clés en entrant n'était plus là. La porte du salon était ouverte à deux battants. Tous ses livres avaient été jetés au sol et se mélangeaient avec ses disques. La bibliothèque ainsi que les deux fauteuils, la table basse, la télévision, le magnétoscope, une étagère et les tapis manquaient également. Les plantes vertes avaient été posées sur le canapé. Certains pots s'étaient renversés. La table, sur laquelle ils auraient dû être avait été emportée. La chaîne Hi-fi avait été poussée derrière la porte. Malgré tout, Zacharie eut un sourire satisfait. Elle avait dû être oubliée. Au mur, il ne restait plus que la photo de son mariage, les portraits des enfants et une grande affiche, qu'il avait fait agrandir deux ans auparavant, représentant sa femme.

Dans la salle, la table et les chaises avaient aussi disparu, le living était toujours là, mais presque entièrement vide. Il y avait des traces de poussière, laissées par des bibelots, sur le dessus du meuble grand ouvert. Il ne restait plus que le piton sur le mur, à la place de la glace, au-dessus de la cheminée.

Zacharie, rapidement, fit le tour des autres pièces. Dans sa chambre, le lit, l'armoire, la commode, les deux tables de chevet avaient disparu. La couette roulée en boule était dans un coin, ses vêtements jetés par-dessus. La glace et la télévision sur un guéridon étaient restées à leur place. Tout cela semblait perdu dans la pièce devenue immense.

Les deux chambres des enfants étaient intactes. Dans la cuisine, il n'y avait plus que la table et les tabourets. Le lave-vaisselle et le lave-linge avaient dû se vider lors du transport. L'eau s'était répandue sur la nourriture qui gisait au sol. Un sac de farine s'était ouvert, ainsi qu'un paquet de pâtes. Les meubles suspendus avaient été emportés. Les attaches étaient restées au mur.

La salle de bain, en ouvrant les placards il découvrit qu'il manquait toutes les affaires de sa femme.

Il fit à nouveau le tour de l'appartement les larmes aux yeux. Il cherchait une explication, un mot, justifiant un tel acharnement à vider la maison si rapidement. Sur la porte d'entrée, il découvrit une feuille punaisée qu'il n'avait pas remarquée en entrant.

« *Adieu… et bon rangement ! Esther* »

—Elle l'a fait, dit-il à haute voix, ce n'est pas possible, elle l'a fait !

Il se prit la tête dans les mains, comme un animal blessé, il tournait en rond dans le couloir. Il se laissa tomber, adossé au mur. Il alluma une cigarette et pensa à ses enfants. Comment leur dire que leur mère était partie et qu'elle avait tout emporté ? Comment leur expliquer que leur vie de couple était finie ? Comment trouver les mots pour ne pas les blesser ? Comment allaient-ils réagir en voyant l'appartement dans cet état ? Il ne savait plus où il en était. Il ne savait plus ce qu'il devait faire. Cela faisait longtemps qu'il était malheureux dans son couple, mais à présent, il lui semblait avoir atteint le fond. Il ne s'était jamais senti aussi triste. Même le jour où il avait découvert qu'elle avait un amant, il n'avait pas ressenti autant de tristesse. Certes, ce jour-là le monde avait semblé s'écrouler autour de lui, mais il avait pardonné.

Il se passa la main sur les yeux comme pour chasser ses pensées. Il ne voulait pas se remémorer maintenant ce qu'avait été sa vie avec Esther. Il se refusait à laisser sa rancœur prendre le dessus.

Il sursauta à la sonnerie du téléphone. Elle résonnait dans la maison vide.

—Allô Zac ? C'est Maman.

—Oui ? dit-il d'une voix hésitante.

—À quelle heure tu nous attends, ce soir ?

—Je ne sais pas. Je ne vous attends plus.

—Pourquoi ? Qui y a-t-il ? C'est annulé ?

—Elle est partie, Maman, répondit-il des sanglots dans la voix.

—Quoi ?

—Elle est partie.

—Qui ? Esther ?

—Oui. Elle est partie et elle a tout emporté. Il n'y a plus rien dans l'appart. Oh ! Maman je ne sais plus quoi faire. Les enfants vont rentrer et l'appartement est sens dessus-dessous.

Il entendit ses parents discuter entre eux et la voix de son père lui dire qu'ils arrivaient. Il raccrocha et regarda autour de lui, perdu. Assis par terre dans le couloir, il se trouva ridicule. Avait-il vraiment besoin de pleurer ainsi sur son couple ? Il savait que cela allait arriver, mais il n'avait pas voulu y prêter attention jusqu'à présent.

Il aperçut la bouteille de whisky dépassant d'un des sacs de courses, qu'il avait déposés en entrant. Il l'ouvrit en se relevant et essaya de trouver un verre.

Le service à whisky que lui avait offert Simon, son frère, l'année dernière pour son anniversaire, avait été cassé volontairement. Dans la cuisine, il trouva les verres à moutarde qu'Esther avait laissés. Tout en buvant son whisky, il regarda par la fenêtre du salon. Le balcon donnait sur la rue, une superbe vue de la ville s'offrait à lui. Talison semblait calme. Penser que sa femme était là, quelque part, riant à ses dépends, lui fit mal. Il aperçut la voiture de ses parents arriver.

Quelques instants plus tard, ils étaient auprès de lui et faisaient le tour de l'appartement, laissant aller leur ressentiment vis-à-vis de leur belle-fille qu'ils n'avaient jamais beaucoup appréciée. Depuis presque vingt ans que leur fils était marié, ils l'avaient vu désemparé plus d'une fois et s'étaient souvent demandé comment il faisait pour la supporter.

—La garce, elle n'a pas fait dans la dentelle, comme à son habitude, pestait Geoffrey.

—Oh ! Je t'en prie ne la critique pas, pas maintenant ! répliqua Zacharie.

Il connaissait les sentiments de la famille à l'encontre de sa femme. Il ne voulait pas les entendre, pas ce soir. Il savait très bien qu'ils allaient tous donner leur point de vue mais ne se sentait pas près à les supporter maintenant.

—Bon ! répondit Jeanne, sa mère, comme déçue de ne pas pouvoir enfin dire ce qu'elle pensait de sa belle-fille, je crois que le mieux c'est que pour ce soir tu viennes dormir à la maison. On te réinstallera demain. Dans le grenier, il y a une table, la table de ma grand-mère et certainement des chaises. On pourra te donner le lit de Fabien et puis tes frères auront bien quelques meubles à te prêter, pour te dépanner en attendant que tu en rachètes.

—Maman... Maman, je n'ai pas l'intention d'en racheter.

—Comment vas-tu vivre ? Tu ne vas pas rester avec tes affaires sur le sol ?

—Elle va revenir...

—Zac ! Elle ne reviendra pas ! intervint son père, si elle en avait eu l'intention elle n'aurait pas tout emporté.

—Mais si... elle reviendra.

—Zacharie, il serait temps que tu sois réaliste, ajouta sa mère, tu as deux enfants qui ne peuvent pas vivre dans l'attente hypothétique du retour de leur mère. Tu dois remettre ton appartement en état, pour qu'ils puissent avoir un semblant de vie normale. Ensuite tu aviseras ce que tu fais avec ta femme, mais ne restes pas dans ce bazar en espérant qu'elle revienne.

—Pourquoi elle a fait ça ? Pourquoi elle est partie ?

—Parce que ta femme est une coureuse, Zac. Bon sang ! Réveille-toi ! On dirait que tu es le seul à l'ignorer, s'énerva son père.

—Dis pas ça, Papa, je ne veux pas que l'on dise du mal d'Esther.

—Bon, je crois que pour ce soir, tu n'es pas en état d'entendre quoique ce soit. On verra demain, je vais appeler tes frères, on va essayer de te remeubler en attendant mieux.

Jeanne avait commencé à ranger. Elle avait disposé les plantes vertes sur un journal près de la porte-fenêtre et cherchait l'aspirateur.

—C'est bien d'elle, elle n'a même pas emporté l'aspi ! dit-elle tout bas à son mari qui téléphonait à Fabien, leur fils aîné.

Zacharie, debout au milieu du salon, tenait toujours la bouteille de whisky à la main. Il regardait fixement le poster accroché sur le mur, face au canapé. Esther y était souriante, les cheveux volant au vent. Il avait toujours aimé cette photo. Elle était liée à l'un de leurs plus beaux souvenirs de vacances.

Ils étaient partis tous les deux en Grèce et y avait passé quinze jours merveilleux. Leurs disputes fréquentes à cette période n'étaient plus qu'un mauvais souvenir. Ils avaient été heureux durant ce séjour, jusqu'au retour, où elle lui avait annoncé qu'elle était enceinte, mais pas de lui. La spirale infernale des conflits conjugaux reprit le dessus.

C'est à partir de cette époque qu'il s'était réfugié dans le travail, partant tôt le matin, rentrant tard le soir. Il travaillait avec ses frères, dans le cabinet d'architecte qu'avait créé Fabien, son frère aîné. Simon l'avait rejoint quelques années plus tard en tant qu'associé et quand Zacharie eut fini ses études, ils lui proposèrent une place. Il n'était pas associé mais Fabien espérait bien que cela se fasse prochainement.

Le bruit de l'aspirateur, que sa mère venait de mettre en marche, le sortit de sa songerie. Avec rage, il lança la bouteille de whisky sur le mur, prit ses clefs de voiture et partit en claquant la porte.

Jeanne et Geoffrey, perplexe, entendirent la voiture démarrer en trombe.

—Tu devrais peut être le suivre, conseilla Jeanne, j'ai peur qu'il ne fasse des bêtises.

—Non, ce n'est pas son genre. Il est enfin en train de se réveiller et de comprendre qu'il aurait dû quitter sa femme depuis des années.

—Oui, sans doute, mais où va-t-il ?

—Je ne sais pas. Chez ses beaux-parents peut-être ?

—Tu crois ? Ça fait des années qu'ils ne se parlent plus et qu'il n'y met pas les pieds.

—Que ne ferait-il pas pour retrouver sa femme.

—Qu'est-ce que tu fais ? Tu y vas ?

—Non ! Je n'ai pas envie de rencontrer ces gens là. Simon va arriver, je lui dirai d'aller voir…. Si seulement il avait accepté de divorcer, il y a dix ans !

—Si seulement il avait pu tomber amoureux d'une autre fille ! Ah là là, dommage qu'il ne nous ait pas demandé notre avis, quand il s'est marié.

—Hum… bon, ce n'est pas tout. On va essayer de ranger un peu. Je ne sais pas si tu as vu la cuisine, c'est un véritable désastre. La garce, on dirait qu'elle a fait exprès de marcher sur les pâtes et la farine. Il y en a partout !

Jeanne et Geoffrey essayèrent, avec les moyens du bord, de remettre l'appartement en état. Ils rangèrent les réserves alimentaires, ainsi que le peu de vaisselle qui n'avait pas été cassée dans le living.

Jeanne entreprit de nettoyer le palier et l'ascenseur. Madame Levallois, la voisine en profita pour sortir de son appartement.

—Bonjour Madame Aubert, votre fils a déménagé ? dit-elle d'un ton détaché.

—Non, répondit Jeanne sans penser que sa réponse allait engendrer d'autres questions.

—Ah bon ? Pourtant j'ai vu la jeune Madame Aubert, ce matin, avec des déménageurs, ils ont été efficaces, croyez-moi. Je n'ai jamais vu un déménagement aller aussi vite.

—Ah bon ? dit encore Jeanne ne sachant pas comment se sortir de cette conversation.

—Il faut dire qu'ils étaient nombreux, continuait Madame Levallois, au moins huit plus deux qui rangeaient dans le camion, mais alors, qu'est-ce qu'ils ont fait comme bruit ! Et comme saletés ! Ils sont arrivés dès huit heures et sont repartis avant midi. Où vont-ils habiter désormais ?

—Je ne sais pas.

—Ah bon ? Vous ne savez où part votre fils ?

—Oh autant vous le dire maintenant Madame Levallois, ça se saura bien assez vite. C'est ma belle-fille qui est partie en emportant tout le mobilier.

—Et votre fils n'était pas au courant ?

—Non.

—Oh le pauvre... On pourra dire qu'elle lui en aura fait voir de toutes les couleurs ! Au moins on ne les entendra plus se disputer, c'est déjà une bonne chose. Dimanche soir, j'ai cru que j'allais appeler la police tellement ils criaient dans l'appartement. Et puis mon fils a vu Zacharie sortir alors, je n'ai rien fait, mais bon ces derniers temps c'était tout les soirs les disputes. Heureusement ce ne sont que des disputes, mais quand même c'est dur pour les petits. Sans compter le voisinage qui se plaint de plus en plus.

L'ascenseur se mit en marche, les deux femmes attendirent en silence de voir qui allait en sortir. Simon, fut surpris de trouver sa mère devant la porte avec un seau et une serpillière.

—Bonsoir Madame Levallois. Bonsoir Maman, dit-il en l'embrassant, j'ai rencontré les enfants qui allaient rentrés, je leur ai dit que Zac et Esther avaient été obligés de partir précipitamment, je les ai envoyés chez moi, ajouta-t-il en entrant dans l'appartement de son frère.

—Tu as bien fait, répondit sa mère lui emboîtant le pas.

—La saleté, elle lui aura tout fait, lâcha-t-il en s'approchant de son père.

—Oui ! Mais je crains que le pire ne soit à venir. Il est parti, il y a environ une heure. J'ai peur qu'il soit chez ses beaux parents, expliqua Geoffrey.

—Tu veux que j'aille voir ?

—Je crois que cela serait bien. Il est parti sur un coup de tête et…

—Ce n'est pas la peine, le voilà, coupa Jeanne tout bas.

En effet, Zacharie entrait au même instant dans la salle. Sa veste, déchirée, était auréolée d'une tâche de sang.

—Où étais-tu ? demanda sa mère inquiète.

—J'ai été chez mes beaux-parents. On s'est disputés et le père Poirier m'a fichu dehors.

—Mais, ton bras ? Tu saignes !

—Ce n'est rien ! Il m'a poussé, j'ai passé le coude à travers la vitre de la porte d'entrée.

—Ils savent où est Esther ? demanda Simon, pendant que sa mère allait chercher du coton pour soigner son fils.

—Soit disant que non, mais je ne les crois pas. Avec eux, j'ai toujours tort !

—Ils étaient au courant ?

—Oui ! Ils approuvent. Ils regrettent même qu'elle n'ait pas fait ça plutôt. Je suis sûr que le père Poirier est venu l'aider à tout embarquer.

—Ils étaient huit ou dix, répliqua sa mère en l'aidant à quitter sa veste.

—Comment sais-tu ça ? s'étonna Zacharie.

—C'est ta voisine, Madame Levallois qui me l'a dit. Ils sont arrivés tout de suite après ton départ ce matin et ils sont repartis vers midi.

—Tu n'es pas rentré ce midi ? demanda Simon surpris.

—Eh ! Ce midi on était ensemble ! On a mangé aux Ombrelles avec Cordier pour discuter du projet Tamaris, au cas où tu ne t'en souviendrais pas.

—Ah oui ! C'est vrai !

—C'est ma femme qui se barre et c'est toi qui patines, répliqua Zacharie en souriant, enfin, je lui ai foutu mon poing dans la figure ça m'a fait du bien !

—A qui ? Esther ? demanda son frère.

—Mais non, à mon beau-père.

—Ne bouge pas que je nettoie la plaie... c'est profond. Tu t'es bien arrangé...

—Laisse, tu me fais mal.

—Il faudrait mieux que ton père regarde. Je crois que tu as des bouts de verre dans le bras.

—Non, Non ! Ce n'est rien, juste une petite coupure, dit-il en prenant le coton des mains de sa mère, aïe ! Si effectivement il doit rester des bouts de verre.

—Je vais t'emmener au cabinet pour te soigner, dit son père, je n'ai pas ce qu'il me faut ici.

—Non ! Maman met un pansement, on verra demain.

—Zacharie, tu saignes, je t'emmène, viens avec moi.

—Non Papa ! Laisse ce n'est rien. Et puis foutez-moi la paix. J'ai envie d'être seul. Allez ouste ! Du balai !

— Non mais, ça ne va pas ? Te rends-tu compte comment tu parles à Papa et Maman ?

—Simon ! Je me rends compte surtout que tu me gonfles et que je voudrais être tranquille chez moi. Allez, dehors tous les trois. Fichez-moi la paix. dit-il en les poussant vers la porte.

—Zacharie, ne fais pas l'idiot, supplia Geoffrey inquiet du brusque changement d'attitude de son fils.

—Bonsoir ! répondit-il en claquant la porte.

Il se laissa tomber sur le canapé. Son bras lui faisait mal et saignait beaucoup. Il prit la serviette de toilette que sa mère avait apportée et s'en enveloppa le coude. Il eut à peine le temps de fumer une cigarette, que Fabien sonna à la porte et entra sans attendre.

—Tu ne manques pas d'air ! dit-il sèchement, mettre les parents dehors, c'est vraiment n'importe quoi !

—Tu es venu me faire la morale ?

—Papa est parti chercher ce qu'il faut pour te soigner et Maman discute avec Simon pour qu'il remonte.

—C'est ça la famille Aubert au grand complet, au chevet de son vilain petit canard !

—Ça suffit Zacharie ! Tu te comportes comme un imbécile. On est juste venus pour te donner un coup de main.

—Mais je ne vous en demande pas, laissez-moi régler ça tout seul.

—Ah oui ? Comment ? Comme tu as tout réglé depuis des années ? En gueulant si fort que les voisins appellent la police régulièrement ?

—J'en ai marre ! Marre ! répondit Zacharie en se prenant la tête dans les mains.

Fabien s'assit auprès de lui, paternaliste il le prit par l'épaule tendrement.

—Aller Zac, tu as besoin d'aide, ne la refuse pas. Tu as un coup dur, qui était prévisible et c'est normal que Papa, Maman, Simon et moi soyons là, tu en ferais de même pour nous.

—Je l'aime Fabien, je l'aime ! Je ne peux pas vivre sans elle.

—Ah ! Tu l'as dans la peau cette fille. Tu ne vois donc pas qu'elle te mène en bateau, depuis vingt ans que vous êtes mariés ? Elle te couvre de ridicule, tes beaux-parents racontent n'importe quoi à qui veut les entendre. Laisse nous t'aider à t'en sortir. Laisse nous prouver à tout le monde que tu n'es pas ce que dit le père Poirier.

—Mais je m'en fous de ce que l'on pense en ville.

—Pas moi Zac et Papa non plus.

—Oui c'est vrai, j'oubliais que le Docteur Geoffrey Aubert et son fils, le grand architecte Fabien Aubert, sont des personnages importants dans le patelin. Vous avez une réputation à tenir, je fais tâche dans la famille.

—Ne sois pas cynique.

Zacharie se leva brutalement du canapé. Il se retourna vers son frère, il avait l'air méchant.

—Quoi ? Prouve-moi que ce n'est pas par crainte de voir tout ça vous retomber dessus que vous êtes là. Il fallait me laisser vivre à Paris, si vous aviez si peur pour votre réputation.

—Dis donc, on t'a pris dans la société parce que tu l'avais demandé, parce qu'à l'époque, ta femme s'affichait dans ton quartier avec son amant.

—Oui, se radoucit Zacharie, j'avais pensé qu'en quittant Paris, il n'allait pas suivre... Oh Fabien, je n'en peux plus ! Ça fait vingt ans que ça dure tout ça et je ne sais plus comment m'y prendre.

—Commence par accepter l'aide qu'on te propose.

Fabien était venu le rejoindre sur le balcon, ils virent leur père arriver et sortir de sa voiture avec sa sacoche de médecin.

La famille Aubert était très connue dans la ville. Depuis des décennies, il y avait toujours eu un Docteur Aubert au 15 de la rue Saint-Louis, l'une des rues les plus cossues de Talison.

Le premier Aubert à s'y être installé avait été Gaspard Aubert, ancien médecin à la cour du roi en 1750. Veuf, il avait quitté Paris juste avant la Révolution. Plus tard, son fils aîné partit conquérir le monde aux côtés de Napoléon et mourut à Iéna. Le second également officier disparut pendant la Campagne de Russie. Le plus jeune, Timoléon devint médecin et s'installa à la suite de son père au 15 rue Saint-Louis.

Timoléon Aubert eut à son tour trois fils, seul l'aîné succéda à son père. Le cadet préféra la vie militaire et le benjamin disparut en mer lors d'un voyage d'études.

Artus Timoléon Aubert fut remplacé par son fils Gaspard Timoléon et son grand dévouement pour les paysans alentour, laissa une empreinte indélébile dans la commune. Une rue portait désormais son nom. Trois de ses fils moururent dans les tranchées pendant la Grande Guerre, le quatrième décéda des suites de ses blessures après l'Armistice. Sa fille unique entra au couvent et les deux derniers Landry et Gautier s'installèrent médecins au 15 rue Saint-Louis.

Landry fut tué au cours d'un bombardement en juin 1944 laissant un fils, le cousin Zacharie, esprit fantasque et vagabond, philosophe à ses heures et totalement utopique, d'une gentillesse rare et d'une drôlerie excessive. Il avait bercé ses cousins dont Geoffrey de ses récits de voyages à travers le monde. Enfant, Geoffrey avait une admiration sans limite pour cet être extravagant. C'est en sa mémoire qu'il nomma ainsi son dernier fils.

Gautier, le père de Geoffrey, fut décoré après la guerre pour faits de résistance. Ses cinq fils embrassèrent le milieu médical, militaire pour certains, hospitalier pour d'autres. Seul, Geoffrey s'installa au 15 rue Saint-Louis.

Des trois garçons de Geoffrey, aucun ne désira embrasser la profession médicale. Il avait espéré voir Zacharie prendre sa suite, mais celui-ci refusa catégoriquement.

Depuis peu, Timothée parlait d'orientation et semblait vouloir suivre les traces de son grand-père. Les fils de Fabien et celui de Simon s'orientaient vers des professions en rapport avec celle de leur père respectif.

Zacharie fût tiré de ses pensées par Fabien, qui l'entraîna sur le canapé, au même instant Geoffrey, Jeanne et Simon pénétraient dans l'appartement.

Geoffrey, sans dire un mot, prit le bras de son fils et dénoua la serviette éponge. Zacharie le regardait sortir ses instruments un à un. Pendant ce temps, Jeanne avait été cherché les tabourets dans la cuisine et Simon ramassait la bouteille de whisky qui, par miracle, ne s'était pas brisée. Jeanne prit les verres à moutarde qu'elle avait rangés dans le living et servit un verre à chacun.

—Tu as beaucoup saigné, dit enfin Geoffrey après avoir nettoyé la plaie, reste tranquille, je vais sans doute te faire un peu mal.

Un à un, il ôta des petits morceaux de verre. Zacharie serrait les dents. Son père lui faisait très mal. Au stade où il en était, il ne savait plus si c'était la douleur ou le chagrin qui lui mouillait les yeux. Il regardait sa mère avec un air de détresse. Elle vint s'asseoir auprès de lui, comme un petit garçon il s'abandonna sur son épaule. Il pleurait sur son bras, sur son couple, sur sa vie qui n'avait été faite que de petits bouts de bonheur, si éloignés les uns des autres qu'il avait le sentiment de n'en avoir pas profité.

—Bon, expliqua Geoffrey en ramassant ses instruments, te voilà soigné. Je t'ai fait des points de suture. Tu passeras au cabinet en fin de semaine pour que je les enlève... Fabien, je lui fais un arrêt de travail de huit jours, je crois que moralement il en a besoin.

Fabien acquiesça.

—Non, non, non dit Zacharie, je vais bosser demain, que veux-tu que je fasse ici pendant huit jours ?

—Te remeubler, coupa Fabien et mettre en route une procédure de divorce qui, j'espère bien, sera plus discret que votre vie commune.

—Attends le divorce, ce n'est pas pour demain.

—Quoi ? Mais tu vas la lâcher un peu cette garce ! Qu'elle aille faire ses partouses ailleurs et qu'elle nous foute la paix !

—Oh, ça va Fabien. C'est tout de même la mère de mes enfants.

—Tes enfants ? Tes enfants !

—Arrête tu vas dire des conneries.

Zacharie s'était levé et marchait de long en large dans le salon vide.

—Je sais que vous n'avez jamais apprécié Esther. Je sais qu'elle m'a pourri la vie et par la même occasion celle de mes enfants, je sais que l'on se dispute quasiment depuis le premier jour de notre mariage et je sais également que je suis le plus grand cocu de Talison ! Mais ce n'est pas pour autant que j'ai envie de divorcer. Ma femme est belle, elle s'habille avec goût et...

—C'est bien là le problème, ironisa Simon, qui jusqu'à présent n'avait encore rien dit depuis qu'il était revenu dans l'appartement, arrête un peu Zac, on le sait que ta femme est une belle femme, c'est justement ce qui a pourri votre mariage. Elle a couché avec la moitié de Talison et s'est affichée ouvertement avec certains d'entres eux.

—Oui ! D'ailleurs, elle a tenté sa chance avec vous deux.

—Non mais, ça ne va pas ! S'insurgea Fabien.

—Oh Fabien, je pensais que tu allais avoir la délicatesse de ne pas crier le plus fort.

—Mais, je n'ai pas couché avec ta femme.

—Je sais. Mais tu te serais bien laissé tenter. Ta femme a eu le nez fin en proposant un voyage de six mois à ce moment là.

—Mais, ça n'a rien à voir ! Je suis parti pour mon travail.

—Oui, bien sûr. Prends-moi pour une bille en plus ! Je sais bien que tu es parti parce qu'Esther te faisait du rentre dedans, comme elle a tenté également avec Simon, qui lui, l'a envoyé promener rapidement. Ne me dis pas le contraire, je le sais. Elle venait me raconter ses tentatives pour te séduire. Ce qu'elle voulait, c'était me détruire, quitte à détruire ton couple, elle s'en foutait. Si tu n'étais pas parti, elle t'aurait harcelé jusqu'à ce que cela fasse un scandale dans la famille. Mais tu es parti et du coup elle a jeté son dévolu sur un autre et j'ai dû me taire.

—Pourquoi ? C'était qui ? demanda Fabien satisfait de ne plus être le centre de la conversation.

—Ton beau-frère.

—Arnaud Debostel ?

—Oui, je n'ai jamais rien dit à cause de Laurence, je ne voulais pas qu'il y ait des histoires dans ta famille par la faute d'Esther, on était déjà passé près avant ton départ.

—Ça a duré longtemps ?

—Sept ans. Quand tu m'as envoyé à New-York, je ne rentrais que tous les trois mois. Ma femme a chaud partout en permanence, il fallait bien qu'elle se consume quelque part pendant mon absence.

—Tu le savais en partant ? demanda Simon.

—Non, je l'ai su à mon retour, Arnaud, ne sachant pas que j'étais rentré, est arrivé un matin avec les croissants, je n'ai pas mis longtemps à comprendre. On s'est disputé violemment, puis, j'ai fermé les yeux pour pouvoir continuer à élever les enfants avec leur mère.

—Je ne sais pas si c'était un bien, répliqua Jeanne.

—Les enfants étaient petits. Tu imagines si cela s'était su ? Le frère de ma belle-sœur couchant avec ma femme. C'était prendre le risque de foutre en l'air le couple de Fabien, mon couple bien sûr et celui d'Arnaud. Trois pour le prix d'un ! J'ai préféré me taire. Mais ça n'a pas été sans mal. D'autant plus qu'elle le recevait ici et que finalement au bout de sept ans, elle s'est retrouvé enceinte. Elle s'est fait avorter.

—L'enfant était de… ? demanda Geoffrey

—Arnaud certainement. D'ailleurs, après ça, ils se sont séparés, je crois qu'il lui en a voulu de s'être fait avorter.

—J'imagine ! Surtout qu'il n'arrive pas à avoir d'enfant avec sa femme. répliqua Fabien.

—Au moins, maintenant, il sait que ce n'est pas lui qui est stérile.

Il souriait, mais sous son air désinvolte ses frères et ses parents, ne s'y trompaient pas. Ils savaient le jeune homme en proie à une profonde tristesse. Il cachait sa blessure, comme il l'avait toujours fait.

—Viens t'asseoir, dit sa mère, on dirait un lion en cage à tourner comme ça.

—Je suis en cage Maman, dit-il en se laissant tomber dans le canapé, si je ne dis rien, elle me trompe et si je dis quelque chose les voisins appellent les flics.

—Oui mais entre les deux, il y a peut être un compromis que tu aurais pu trouver.

—Eh bien, donne le moi le compromis, parce que c'est sur je ne l'ai pas trouvé. À part, partir au fin fond de la jungle au milieu des Pigmés, je ne vois pas d'autre alternative.

—Elle serait bien fichu de se faire sauter par les Pigmés, répliqua Fabien discrètement.

—Qu'est-ce que tu dis ?

—Rien… Franchement, on se demande pourquoi tu as attendu aussi longtemps pour réagir. Il fallait divorcer dès qu'elle a eu un amant.

—Mais, la première fois, c'était à peine un an après notre mariage !

—Et alors ? Pourquoi ne pas l'avoir fait à ce moment là ?

—Parce que je l'ai épousé pour le meilleur et pour le pire et que le meilleur on ne l'avait pas encore vécu.

—Tu as toujours attendu le meilleur dans ton mariage toi.

—Oui. Tim venait de naitre, on n'avait pas encore construit grand-chose dans notre vie, je voulais élever mon fils. J'ai toujours souhaité la rendre heureuse, mais…

—Mais ce n'est jamais arrivé, coupa Simon et cela n'arrivera jamais, donc je ne vois pas ce que tu peux attendre de plus de ton mariage. Il est foutu, raté, tu tournes la page et tu vis autre chose.

—Mais je l'aime ! s'exclama Zacharie.

Il s'était relevé du canapé.

—Comment peux-tu aimer une nympho pareille ? Elle te fait des choses extraordinaires au lit ? demanda Fabien.

—Oh je t'en prie, ne sois pas vulgaire !

—Je ne suis pas vulgaire, je cherche à comprendre. Elle te pourrit la vie depuis presque vingt ans, elle te sacre le plus grand cocu de Talison, ses parents te font une réputation ignoble en ville, elle te fait du tort auprès des clients, des secrétaires et des employés de la société et pour couronner le tout, tu n'as même pas la certitude que tes enfants soient les tiens. Mais tu cherches encore le meilleur de ton couple ! Elle est nympho mais, toi, tu es maso !

—Mes enfants sont les miens !

—Tu en es sûr ?

—Oui !
—Tu as fait des tests de paternité ?
—Non !
—Alors rien n'est sûr.
—Timothée me ressemble.
—Un peu oui, mais pas Camille.
—Fabien, intervint Geoffrey, tu ne crois pas que ton frère en a assez pour aujourd'hui ? Tu n'es pas obligé de lui mettre un doute sur ses enfants.
—Pffff ! Zac sait très bien que j'ai raison.
—Entre le savoir et l'entendre il y a une nuance.
—Bon, ok, si tu veux. Mais qu'il accepte de divorcer rapidement et que l'on en parle plus !

Zacharie était parti sur le balcon fumer une cigarette. Bien sûr, il savait tout ça, bien sûr, depuis longtemps, il avait des doutes quand à sa paternité, il n'avait jamais fait de test par peur du résultat. Il avait toujours considéré Camille comme sa fille et ne voulait pas penser qu'elle puisse ne pas l'être.

Il pensait à sa femme, certainement en train de se moquer de lui en compagnie de Martin. Il l'imaginait, la regardant langoureusement, ses longues jambes croisées sous sa chaise. Elle était sans doute habillée comme ce matin, quand il l'avait quittée. Son chemisier en dentelle noire qui avait un long décolleté et laissait entrevoir la naissance des seins, son short en tergal noir également qui mettait en valeur ses jambes fines. Des chaussures à talons, probablement les vernis rouge pour aller avec la ceinture et les boucles d'oreilles.

Comme à son habitude elle avait dû se remaquiller avant de passer à table. Il aimait particulièrement l'enlacer à ce moment là, où, penchée légèrement en avant au dessus du lavabo de la salle de bain, elle réajustait son rouge à lèvres. Elle était si concentrée qu'elle ne l'entendait pas venir. Il s'approchait doucement, sans geste brusque, lui entourait la taille et l'embrassait tendrement à la base du cou. De plaisir, elle s'abandonnait sur l'épaule de son mari…

Mais c'était au début de notre mariage pensa Zacharie tristement.

—Zac ? appela Jeanne, elle est toujours avec Arnaud ?

—Non, répondit-il sans se retourner, elle est avec Martin.

—Martin ? Martin Sabrel ? s'étonna Fabien.

—Oui, mon meilleur ami d'enfance.

—J'ignorais.

—Je sais, autrement j'ose espérer que tu ne l'aurais pas embauché, répondit-il en rentrant dans le salon, cette fois c'est de ma faute, c'est moi qui les ai mis en contact tous les deux, au moment de la mort de Madame Sabrel. Esther a flashé dessus aussitôt. Il a fallu qu'elle lui fasse du gringue jusqu'à ce qu'il tombe dans son lit.

—Et comment l'as-tu su ? demanda son père.

—Je l'ai su, parce que je les ai surpris ici, soupira Zac, le week-end où Fabien m'a envoyé sur le chantier de Saint Florent.

—Saint-Florent ? C'était il y a deux ans ? s'étonna son frère ainé

—Oui, ça fait deux ans que ça dure… enfin non, ça fait deux ans que je le sais, mais ça dure depuis plus longtemps que ça.

Il fumait une cigarette près de la fenêtre tout en regardant le jour décliner doucement sur la ville. Il se passa la main sur les yeux et se retourna en riant.

—Comme Fabien m'envoyait à Paris pour le boulot, je leur laissais le champ libre huit jours par mois. Connaissant ma femme, j'aurais dû me méfier, mais j'étais à cent lieux de penser que Martin allait me trahir ainsi. Depuis le temps que l'on se connaissait, avec toutes les bêtises et les galères que l'on avait traversées ensemble, il y avait une sorte de fraternité entre nous. Même ça il a fallu qu'elle me le détruise. Le jour où je les ai découverts, le Martin s'est retrouvé à poil dans l'ascenseur. J'ai jeté ses fringues par la fenêtre. Il a été obligé de s'habiller dans la rue. Je peux te garantir qu'il n'a plus jamais traîné dans le quartier après ça. C'était assez comique. La mère Levallois revenait de ses courses quand il est sorti de l'immeuble. J'ai cru qu'elle allait s'évanouir, elle était pétrifiée ! Je crois que si je n'avais pas été si furieux après Esther, j'aurais pris le temps d'en rire. On s'est tellement engueulés après, que les voisins ont appelé la police. Esther est partie soi-disant dormir chez ses parents, mais je sais bien qu'elle a été le retrouver chez lui et finir ce que j'avais interrompu.

—N'ayant pas pu avoir tes frères… répondit Jeanne.

—Oui, dit-il en venant s'asseoir près de sa mère sur le canapé.

—Et avec tout ça, tu ne comptes pas divorcer, soupira Fabien, on se demande ce qu'il te faut de plus ?

Zacharie le regard perdu dans le vide, haussa les épaules. Il s'attendait tellement à la morale de son frère ainé, qu'il était surpris de ne pas l'avoir encore entendu lui donner un ultimatum.

Fabien prit le temps d'allumer une cigarette et de resservir un whisky à tout le monde. Puis, très paternaliste, il se pencha vers son frère.

—Écoute-moi bien Zacharie, depuis des années, j'accepte tes retards le matin. Quand les enfants étaient petits, tu jonglais entre la nourrice et les biberons. Maintenant, c'est souvent parce que tu as passes une partie de ta nuit soit à chercher ta femme, soit à te disputer avec elle. J'ai accepté vos disputes au bureau, quand elle vient y faire le souk, ou par téléphone, quand elle te harcèle, j'ai accepté les réunions de chantier entrecoupées de ses appels, Simon et moi, on s'occupe de tes clients, parce que tu les négliges. On forme des secrétaires, qui, fatiguées des conflits avec Esther, les clients, ou bien entre nous, démissionnent régulièrement. Bref, tu fais du tort à la Société depuis pas mal d'années. Que ça soit avec la clientèle, avec l'ANPE ou avec les voisins, il y a toujours quelqu'un pour me rappeler que mon frère a une vie plus que mouvementée. J'en ai marre. On me parle plus de toi en ville, que de ma société. Maintenant, Esther est partie, tu vas enfin avoir la paix et par la même occasion, nous aussi. Alors je préfère te prévenir maintenant, je ne tolérerai plus rien ! Désormais tu bosses comme on te le demande, à l'heure que l'on te demande et je ne veux plus d'histoire dans mon bureau. J'ai toujours le projet d'ouvrir un cabinet à New-York et j'ai toujours l'intention de t'y envoyer en éclaireur, si cela peut te permettre de mettre des distances entre ta femme et toi, tu pars quand tu veux, si cela peut permettre que tu acceptes de divorcer, tu peux partir demain si tu le souhaites, mais c'est à une condition : dans un mois tu as mis en route une procédure de divorce, sinon c'est la porte.

Zacharie le regarda en souriant.

—Je trouvais ça bizarre, que tu ne m'aies pas encore balancé un ultimatum.

—N'oublie pas que je suis ton patron, je suis en droit d'exiger la même chose de tous mes employés. J'ai dix personnes à payer tout les mois, je ne peux pas permettre que ta vie privée perturbe le bureau. Tu es mon employé au même titre que les autres ! Tu n'es pas encore notre associé ! Et je suis en droit de te mettre à la porte si tu ne fais pas ton travail convenablement.

—Je fais mon boulot.

—Oui mais, toujours en retard, ou tu fais des erreurs dignes d'un débutant. Tu ne peux pas être au bureau et derrière ta femme en même temps.

Zacharie se laissa le temps de réfléchir en allant sur le balcon. Il avait du mal à ce concentré sur les paroles de Fabien, il pensait à sa femme, à Martin, à ses enfants, à New-York. Tout se mélangeait dans son esprit. Le projet américain avait été évoqué à plusieurs reprises entre les frères. Il n'avait pas caché son désir de partir. Il avait un avantage sur ses aînés depuis son séjour en Amérique, il était parfaitement bilingue et avait eu le temps en trois ans, de se familiariser avec la façon de travailler américaine. Mais il était fatigué des remontrances continuelles de son frère. Il lui faisait des reproches devant les secrétaires et parfois même devant les clients. Son avertissement allait peut être lui donné l'occasion de quitter la société et son appartement par la même occasion, puisque Fabien était son propriétaire.

Les différents quartiers de la ville étaient désormais éclairés par les réverbères. Il voyait les fenêtres des maisons allumées. Cela lui donnait l'impression que chez les autres, la vie y était agréable, chaleureuse. Ce sentiment le fit frissonner. Il s'accouda au garde fou du balcon en se prenant la tête dans les mains.

—Ne te fatigues pas Fabien, dit-il sans se retourner, tu auras ma lettre de démission demain matin.

—Je ne te demande pas de démissionner, je te demande de divorcer.

—Comment faut-il te le dire Fabien ? demanda Zac en s'appuyant au chambranle de la porte fenêtre, je ne me précipiterai pas dans une procédure de divorce. Tu veux que dans un mois tout soit enclenché ? Je te dis que rien ne sera fait dans un mois. Je ne le veux pas. Elle avait décidé de partir, elle m'avait prévenu dimanche soir, elle ne veut pas des enfants, elle veut se remarier avec Martin et je ne la laisserai pas faire. Elle a choisi de partir en me plantant dans l'appart vide ? Son divorce, elle viendra me supplier pour que j'accepte.

—Alors on est reparti pour des conflits sans fin ! soupira Simon.

—Oui, c'est pour cela que je vais démissionner, ainsi vous serez tranquilles.

Il revint s'asseoir près de sa mère.

—Mon chéri, dit-elle, c'est bête de réagir ainsi. Ton frère te propose une occasion en or, aller vivre en Amérique. Il a y si longtemps que tu l'espères, tu vas tout laisser tomber pour Esther ? C'est ridicule.

Pendant ce temps, Fabien et Simon discutaient avec Geoffrey. Ils murmuraient, mais Zac les entendaient tout de même. Fabien était en train de raconter à son père que le comptable de la société, Pierre Fignet, avait trouvé Zacharie dimanche soir complètement saoul devant le bar « le Totem » et l'avait ramené chez lui.

D'énervement, Zac se leva.

—T'es vraiment un pourri Fabien ! Tu aurais pu être un peu plus discret ! Et Pierre aussi par la même occasion ! explosa-t-il.

—Ce n'est pas Pierre qui me l'a dit ! répondit son frère sur le même ton, c'est le patron du Totem, quand je suis passé acheter des cigarettes lundi matin.

—C'est la première fois que ça m'arrive. Avec tout ce qu'elle m'a balancé à la figure dimanche soir, je me suis laissé aller. Tu pourrais avoir de l'indulgence au lieu de jeter ton fiel de la sorte.

Fabien s'était levé à son tour et faisait face à son frère devant la porte fenêtre du balcon.

—De l'indulgence ? disait-il, avoir de l'indulgence ? Non mais vraiment, comme si je pouvais avoir de l'indulgence pour toi. Tu as les deux pieds dans la merde depuis bientôt vingt ans et depuis autant d'années, tu nous pompes l'air avec tes problèmes de couple et il faudrait quand même que l'on ait de l'indulgence ? J'ai l'impression que tu ne vois que ton petit monde et pas les conséquences de ta vie merdique sur ton entourage. Tu n'as pas pris assez de coup de pieds aux fesses. Tu as l'air d'oublier les fêtes de famille gâchées, les réunions inachevées, ton humeur de chien, l'ambiance au bureau, qui se trouve pesante, tendue parce que tu viens de te disputer avec ta femme. Alors si maintenant que l'on pourrait espérer avoir la paix, tu te mets à boire, je ne peux pas avoir de l'indulgence !

—Imbécile ! Je ne me mets pas à boire ! J'ai patiné c'est tout ! De toute façon c'est trop te demander que d'avoir un semblant de considération. Je fais tellement tâche dans votre petit monde de rupin ! Entre le papa toubib de père en fils dans son manoir du $18^{\text{ème}}$ et les frères architectes associés, moi, je ne suis que le modeste employé. Je picole forcément, Pensez donc, c'est normal, j'ai fait mille bêtises à l'école, j'ai fumé de l'herbe et en plus maintenant, je suis le cocu notoire de Talison. Je ne peux donc tout naturellement que me mettre à picoler.

— Calme-toi un peu Zacharie, intervint Geoffrey.

—Oh toi, ça va ! Comme d'habitude tu ne dis rien. Comme d'habitude tu laisses Fabien déverser sur moi des flots de conneries. C'est tellement plus facile. Tu pourras dire à tous tes copains du Lion's Club, que ton fils aîné a remis son « petit » frère dans le droit chemin. Zacharie, c'est le vilain petit canard. Il suffit de lui faire peur, de le menacer pour que tout rentre dans l'ordre. Tu ne sais vraiment pas t'y prendre avec ton fils, Papa. Regarde le grand Fabien, il sait y faire. Et quand il est à court d'idée, pour prouver qu'il a raison, il imagine, il suppose, Zacharie ne peux que picoler. Pensez donc, il a tellement fait de bêtises. On ne peut pas le faire venir dans notre monde, dans notre club, Zacharie n'est pas discret. Il a mis sur la place publique des choses que l'on met des années à cacher. On n'a pas les mêmes vies. On n'a pas les mêmes amis. Il ne pense pas comme nous. Il ne vote même pas comme nous. Et pour couronner le tout, il a épousé la fille d'un communiste. Quelle honte ! Quelle tache ! Un Aubert avec la fille d'un coco !

—Zac tu n'es vraiment pas poli avec Papa, coupa Simon.

—Fiche moi la paix, toi avec ta morale à deux balles. Tu es encore pire que Fabien ! Tu n'es même pas fichu d'avoir un avis personnel. Tu es l'ombre de Fabien. Regarde le briller, regarde le jubiler : il a « guidés » ses petits frères. Sans lui nous ne serions rien. Mais toi, tu es tellement faux cul et pincé que tu ne t'en aperçois même pas.

—Tu vas t'arrêter là, ou je te casse la figure ! explosa Fabien, on en prend plein la tronche, alors que nous étions venus pour te soutenir dans cette épreuve.

—Me soutenir ? Non mais, laisse-moi rigoler. Me soutenir, alors que tu m'enfonces depuis bientôt deux heures ! Alors que tu fais tout pour que l'on me prenne pour le minable de la bande ! Je suis le petit frère, qui est mal dans sa vie privée, qui est mal dans son travail, que l'on plaint, que l'on excuse parce que son grand frère veille au grain. Son grand frère le protège. Seulement voilà, je n'ai pas envie de m'enfermer dans vos costards de gens bien sous tous rapports, des pépères en costume trois pièces qui font de l'alcoolisme mondain et qui après avoir bien dégouliné sur les jeunes cadres dynamiques, qui ont la dent longue et peu de scrupules, s'en vont sauter les femmes des jeunes cadres dynamiques sans aucune gène. Puisque de toute façon, leurs mémères aussi enrubannées qu'eux, se font sauter par les jeunes cadres et tout le monde trouve ça normal.

—Ça suffit ! cria Fabien, c'est comme ça que tu vois les choses ? Eh bien soit ! Demain ce n'est pas ta lettre de démission que j'attends, c'est ta lettre de licenciement que je te donnerai. Maintenant je t'ai assez vu ! Puisque tu en as marre que je te guide, eh bien, débrouilles toi tout seul ! Avec ton licenciement, tu recevras également ton ordre d'expulsion ! Je suis le propriétaire de ton appartement et comme tes voisins m'envoient régulièrement des pétitions te concernant, je vais enfin accéder à leur demande. Tu as un mois pour déménager.

—Fabien tu ne peux pas faire ça ! s'interposa Jeanne

—Si je vais le faire ! Qu'il se débrouille tout seul !

Il quitta la pièce et claqua fortement la porte de l'appartement. Simon lui emboita le pas.

—Tu as vraiment perdu une occasion de te taire. Je ne sais pas si je vais pouvoir rattraper les choses. Quel langage, quelle désagréable attitude vis-à-vis de ton grand frère. Ce n'est vraiment pas respectueux.

—Je t'emmerde Simon. Fous-moi le camp.

Il le raccompagna à la porte.

—Papa, Maman, partez aussi. Je suis tellement peu respectueux, tellement vilain, ironisa-t-il

—Tu mériterais deux gifles, répondit son père

—Et bien donne-les, ça prouvera au moins que pour une fois, tu m'as vu moi et pas le cousin Zacharie. Allez, laissez-moi tranquille. Rentrez chez vous.

Geoffrey haussa les épaules et prit le manteau que son fils lui tendait.

—Bonne nuit Maman, dit-il en aidant sa mère à enfiler son imperméable.

—Qu'est-ce que tu vas faire ? demanda-t-elle

—Qu'est-ce que tu veux que je fasse ? Je n'ai plus de femme, plus de meubles, plus de boulot et bientôt plus d'appartement. Et je suis couvert de dettes. Qu'est-ce que tu veux que je fasse ? SDF me parait tout indiqué.

—Des dettes ? Comment ça des dettes ?

—D'après toi ? Tu crois qu'Esther, malgré ses parents n'a pas des gouts de luxe ? Si je ne suis pas devenu associé des garçons, c'est uniquement parce que je n'en ai jamais eu les moyens.

Il fut surpris de sentir son père derrière lui, il se retourna.

—Petit con, insulta Geoffrey, petit con !

Il lui décocha une gifle magistrale qui le fit vaciller.

—Viens Jeanne, on s'en va, dit-il hors de lui.

Zacharie, assommé par la gifle, se tenait à la porte fenêtre. Il les regarda traverser la rue et monter dans la voiture. Puis, il prit le temps de fumer une cigarette, il rassembla dans un sac de voyage, quelques vêtements et son nécessaire de toilette. Il eut un dernier regard sur la photo de ses enfants, jeta les clés de l'appartement sur le canapé, éteignit les lumières et sortit sans bruit.

Il mit son sac dans le coffre de la voiture et démarra. Il s'arrêta à la banque, retira ce qui lui restait sur son compte et pris la direction de l'aéroport de Neac, la ville voisine.

Dans le hall, il téléphona d'une cabine.

—C'est moi, dit-il quand son interlocuteur décrocha, j'arrive !

Il rangea machinalement ses clés de voiture dans sa poche et sentit le cadeau qu'il avait prévu d'offrir à son fils ce soir. Il avait oublié de le lui laisser. Timothée avait dix huit ans aujourd'hui.

Drôle d'anniversaire, songea-t-il. Son avion était annoncé. Il n'avait que le temps de l'attraper.

C'est seulement quand l'avion ne toucha plus le sol qu'il pu se détendre. Dans deux heures environ, il serait à Paris, dans les bras de Marie, sa maîtresse depuis presque dix ans.

12 MAI 1995

Timothée, Camille et Alain dévoraient des yeux le gâteau qu'Hélène avait déposé sur la table basse du salon. Vingt huit bougies scintillaient dans la pénombre.

—Allez Tim, souffle tes bougies que je rallume la lumière. Dit sa femme.

Camille et son ami chantaient « joyeux anniversaire » et applaudirent quand les bougies s'éteignirent d'un seul coup.

Hélène s'apprêtait à couper le gâteau lorsqu'un coup de sonnette retentit.

—Tiens, tu attends quelqu'un ? demanda Camille à son frère.

—Non, c'est sans doute un des oncles qui vient avec sa bouteille, répondit celui-ci en souriant.

—Tant mieux ! J'ai oublié le mousseux, dit Hélène, tu vas ouvrir chéri ?

Timothée déplia ses longues jambes et se leva. De sa démarche nonchalante, il alla dans le couloir ouvrir la porte du palier, persuadé qu'il s'agissait de l'oncle Fabien ou l'oncle Simon, puisque la sonnette avait fonctionné à la porte et non au digicode du rez-de-chaussée.

Tenant toujours sa serviette de table à la main, il ouvrit et fut très surpris de se trouver face à un couple.

Il les regarda bouche bée.

—Bonjour, dit l'homme, Timothée Aubert ?

—Oui, répondit-il étonné.

—Tu ne me reconnais pas ? demanda l'homme.

—Si...Mais...ah ! Tu as tout de même beaucoup changé.

—On peut entrer ?

—Oui, oui ! Je t'en prie, excuse moi je suis si surpris.

—Je m'en doute.

—Entre, entre... on fête mon anniversaire.

—Je sais... je t'ai apporté ça d'ailleurs, répondit Zacharie en lui tendant un paquet joliment décoré.

Timothée le pris en remerciant et s'effaça pour laisser passer le couple.

—Comment es-tu entré ? Le digicode ne fonctionne plus ?

—Si, mais on est arrivé en même temps que le fils Levallois, je crois qu'il ne m'a pas reconnu.

—Vas-y entre, Camille est là dans le salon.

Le voyant arriver, Camille se leva d'un bond.

—Papa ? cria-t-elle

—Bonjour Camille, répondit-il calmement.

Timothée sortant enfin de sa torpeur fit les présentations.

—Hélène, ma femme et Alain, l'ami de Camille dit-il en passant devant eux.

Zacharie eut un sourire chaleureux, mais toutefois il n'osa pas les embrasser. Il aurait voulu que sa première étreinte soit pour ses enfants. Timothée, comme s'il lisait dans ses pensées, se précipita dans les bras de son père. Les deux hommes désormais, aussi grands l'un que l'autre s'embrassèrent affectueusement.

—Oh Papa ! Papa ! Ce que tu m'as manqué ! dit le jeune homme en laissant couler des larmes de joie.

Camille attrapa son sac et son manteau. Zacharie la rattrapa par le bras.

—Non, non Camille, je t'en prie ne pars pas. Pas avant de t'avoir, toi aussi, serrée dans mes bras. S'il-te-plaît Camille. S'il-te-plaît ?

—Tu ne t'es pas soucié de nous, il y a dix ans !

—Je sais. Laisse moi le temps de revenir, j'ai peut être des explications à donner et… des excuses à vous faire.

—J'espère bien !

—Camille, s'il-te-plaît, écoute moi avant. Tu partiras après, si tu le souhaites, mais laisse-moi t'expliquer.

Le regard implorant de Zacharie fit craquer sa fille, elle se jeta dans les bras de son père. Ils étaient tous les trois au milieu du salon tendrement enlacés, mêlant leurs larmes et leurs cheveux. Cela sembla durer une éternité pour Hélène et Alain, debout près du canapé. Marie, se tenait en retrait dans l'embrassure de la porte. Hélène lui fit signe de s'approcher. Personne n'osait parler, de peur de briser cet instant magique.

Au bout d'un long moment d'étreinte, Zacharie et ses enfants se dirigèrent vers le canapé.

—Assieds-toi Papa, dit Timothée.

Camille s'installa à sa gauche, Tim à sa droite sur l'accoudoir. Hélène invita Marie à s'asseoir dans un fauteuil en face. Alain pris l'autre, pendant qu'elle même s'asseyait près de sa belle-sœur.

—Tu ne nous présentes pas ? demanda Timothée en regardant Marie, tout en ouvrant son cadeau d'anniversaire.

—Si bien-sûr, excuse-moi je n'ai pas eu le temps. ajouta-t-il en regardant son amie, Marie, ma compagne depuis….pas mal d'années, expliqua-t-il en lui souriant amoureusement.

—Oh un bouquin sur les pierres précieuses. Tu t'en es souvenu ?

—Ah, oui quand même ! J'ai assez cherché des pierres à quatre pattes dans la forêt avec toi pour m'en souvenir, répondit-il en riant.

—Tu étais où Papa ? demanda Camille qui n'en revenait toujours pas d'avoir son père assis près d'elle.

—Oh là ! Au bout du monde.

—C'est-à-dire ? souriait Timothée.

—En Colombie, dans un trou perdu au pied de la Cordillère des Andes.

—Et que faisais-tu là-bas ?

—On avait une entreprise d'import export.

—Ah bon ? Et tu exportes quoi ?

—Des bananes, du coton, du café…

—Comme quoi l'architecture ça mène à tout, ironisa Timothée.

—Mais l'architecture des balles de coton, c'est tout un art, plaisanta son père.

—C'est quoi la langue là-bas ? Parce que je trouve que tu as un petit accent marrant.

—Espagnol. On parlait parfaitement l'américain Marie et moi et nous sommes partis dans un pays où la langue essentielle est l'Espagnol. Il nous arrive même parfois de chercher nos mots en français. On parle quasiment qu'espagnol là-bas, même entre nous.

—Mais pourquoi être parti si loin ? demanda Timothée.

—Ah…. ! répondit-il avec un large geste de la main. J'ai vu que tu étais toubib.

—Tu as vu ça où ? Parce que ce n'est pas écrit sur la porte.

—Tu sais, avant de venir, j'ai tout de même ouvert un annuaire. Je ne me doutais pas que tu puisses être resté dans l'appartement. Comment se fait-il que tu ne sois pas rue Saint-Louis ?

—Parce que Papi y est encore. Tout simplement.

—Il n'est pas à la retraite ?

—Noooon pas encore. Il a toujours bon pied bon œil. Mais il s'arrête à la fin de l'année tout de même.

—Tu reprendras sa clientèle ?

—Je travaille déjà avec lui. Nous avons fait un cabinet médical. Je resterai à l'appartement de toute façon. Je ne vais pas l'obliger à déménager à son âge.

—Oui évidemment. Comment se fait-il que tu aies gardé l'appartement ? Fabien ne l'a pas repris ?

—Non ! J'avais dix-huit ans quand tu es parti. J'étais majeur. Et comme on ne savait pas si tu allais revenir ou pas, Fabien nous a autorisé à rester ici en attendant ton hypothétique retour.

—Ça n'a pas du être facile tout les jours….je suis désolé.

—Au début, expliqua Camille, tante Laurence ou tante Céline venaient nous faire la cuisine et le ménage. Mamie aussi d'ailleurs, puis petit à petit, nous nous sommes débrouillés tous seuls. Papi et les oncles nous ont aidés financièrement et Fabien ne nous a jamais fait payer de loyer jusqu'à ce que l'on travaille l'un et l'autre.

—Ça n'a pas toujours été facile, ajouta Tim, on a pas mal galéré.

—J'imagine bien…j'espère que vous ne m'en voulez pas trop.

—Un peu Papa, un peu. Mais, je suppose, que tu vas nous expliquer pourquoi tu es parti ainsi, sans donner signe de vie.

—Oui Camille, je vous dois des explications mais…je voudrais savoir ce que vous faites, avant de parler des choses qui fâchent.

—Qu'est-ce que tu veux savoir ? Comment on s'est débrouillés ? Tim te l'a dit. Grâce aux tontons, à Papi et Mamie. Ils nous ont payés nos études, nos permis de conduire, notre vie toute entière. Si je suis désormais architecte et Tim médecin c'est grâce à eux et pas à nos parents.

—Votre mère ne s'en est pas occupée ?

—Oh non ! Maman était bien trop prise par ailleurs.

—Elle est toujours avec Martin ?

—Oui. Ils se sont mariés depuis quelques mois d'ailleurs.

—Ah bon ? Mais on n'est toujours pas divorcés pourtant.

—Papa….le divorce a été prononcé d'office, depuis le temps ! s'exclama Timothée.

—Ah ? Je ne savais pas.

—Excuse-moi, mais ça me donne l'impression que tu n'as pas l'air de réaliser que ça fait dix ans que tu es parti.

—Ouais…

Il se leva et pris son paquet de cigarettes dans la poche de sa veste. Il était si habitué à bouger en Colombie qu'il avait du mal à rester assis longtemps. Il s'étira discrètement et comme il aimait le faire avant de quitter Talison, il alluma une cigarette sur le balcon

—La vue est toujours aussi belle ici. *Ven aquí, mira Maria.* (Viens voir, Marie)

La jeune femme s'approcha.

—*Te estas durmiendo querida. ¿Quieres ir al hotel?* (Tu t'endors ma chérie, tu veux aller à l'hôtel ?)

— *No, todo va bien… ¡No te preocupes!* (Non ça va aller, ne t'inquiète pas!)

—Ils veulent dormir à l'hôtel, traduisit Hélène.

—Vous n'allez pas dormir à l'hôtel tout de même ! s'exclama Timothée.

—Tu parles espagnol ? demanda Zacharie.

—Non pas moi, Hélène est prof d'espagnol.

—Ah !...nous avons réservé une chambre à l'hôtel au bout de la rue avant de venir.

—Quelle idée ? Tu sais bien qu'il y a des chambres ici tout de même.

—Tu sais, Tim, le retour ne me paraissait pas évident…

—Oui bien-sûr, mais tout de même, de là à aller prendre une chambre au bout de la rue…

Marie aida Zacharie à passer le seuil de la porte fenêtre.

—Tu es blessé ? demanda Camille.

—Ce n'est rien, une mauvaise blessure il y a un mois, lors d'un tremblement de terre.

—Il y a des tremblements de terre là-bas ? s'exclama Hélène tout en coupant le gâteau d'anniversaire de Timothée.

—Oh là ! Depuis huit ans que l'on y est, ça doit être le quatrième, répondit Marie en reprenant sa place dans le fauteuil.

Zacharie fit la moue

—Cinquième ? Tu crois ? demanda Marie

Il répondit oui juste en fermant les yeux. Il y avait une telle connivence entre eux que les mots semblaient inutiles.

—Ah bon, alors cinquième, si tu le dis, ajouta-t-elle.

—Oui, enfin, le cinquième qui compte vraiment, rectifia son ami, parce que là-bas la terre tremble tout le temps. C'est d'ailleurs pour cela que nous sommes revenus. Nous en avions marre d'avoir le sentiment de vivre sur une pile d'assiettes instables. Nous avons pour le moment mis la société en gérance et avant de repartir sur du plus stable, nous avons fait un petit détour par la France.

—Ah, parce que ton retour n'est pas définitif ? Vous avez l'intention de repartir ? demanda Timothée.

—Oui, on nous attend à Pretoria dans un mois.

—Pretoria, c'est l'Afrique du Sud n'est-ce pas ? demanda Alain.

—Oui, dans le Transvaal exactement.

—Qui on ? demanda encore Timothée.

Zacharie pris le temps de rallumer une cigarette. Il se tourna vers la ville.

—Qui vous attend là-bas ? Insista son fils.

—Le fils de Marie, dit-il sans se retourner.

Camille et Timothée se regardèrent et eurent une moue de fatalité qui n'échappa pas à Marie.

—Mon fils habite Pretoria depuis cinq ans, s'empressa-t-elle d'expliquer, il a vingt cinq ans et cela fait des années qu'il nous demande de venir sur son exploitation. Il élève des chèvres angoras et des moutons.

Zac et Marie échangèrent un regard qui n'échappa pas aux jeunes couples.

—C'est bien, repris Timothée, mais cela aurait été plus simple qu'il les élève dans le Massif central, c'est plus près.

Zacharie allait répondre, mais le bruit d'une voiture qui se gare, une portière qui claque et surtout la voix qui résonna à ce moment là dans la rue, le fit sursauter et regarder par-dessus le garde fou du balcon.

—Tu attends ta mère ? demanda-t-il.

—Non, il y a bien longtemps que je ne l'invite plus à mon anniversaire, répondit Timothée.

—Eh bien, elle s'est invitée toute seule. Elle est en bas !

—Tu es sûr ?

—Même après dix ans, je peux la reconnaître. Je ne veux pas la voir. Je suis désolé mais on s'en va.

—Ah non Papa, tu ne pars pas maintenant. Quand elle vient elle ne reste jamais plus de trois minutes. Je n'ai pas l'intention de te voir partir à cause d'elle.

—C'est son habitude, trouva-t-il le temps d'ironiser.

—Allez dans notre chambre, dit Hélène en se dépêchant d'ouvrir la porte au bout du salon, elle n'y va jamais et puis je suis comme Tim, vous voir partir alors qu'elle ne reste jamais plus de cinq minutes, ça serait vraiment dommage.

L'interphone sonna.

Dans le salon, Camille, Timothée et Alain avait fait disparaitre le gâteau et les assiettes.

L'interphone sonna de nouveau avec insistance.

—Oui ? demanda poliment Timothée, qui est-ce ?

—C'est nous ! répondit Esther.

—Tu sais qu'il est tout de même un petit peu tard, Maman ? Tu aurais pu attendre demain pour venir.

—Je sais, mais je voulais te voir ce soir. Ouvre !

À contre cœur, le jeune homme appuya sur le bouton d'ouverture de la porte. Quelques instants plus tard, Esther fit, comme à son habitude, une entrée exubérante dans le salon.

Elle était grande et mince, vêtue d'une mini jupe blanche à volant de dentelle et d'un top au décolté plongeant, elle semblait en équilibre sur ses chaussures à talon aiguille. Maquillée à outrance et les cheveux frisés lui tombant en cascade dans le dos lui donnaient un genre indécent qui déplut à son fils.

—Pffffffffff tu es de pire en pire, dit il, tu as vu comment t'es fringuée et maquillée ? On dirait une tenancière de bordel !

—Toujours aussi aimable mon pauvre Tim ! Tu es bien comme ton père ! Jamais content !

—Je ne sais pas, Possible.

—Bon ! Je sens que l'on dérange ! Je t'ai pourtant apporté ça pour ton anniversaire, dit-elle en lui jetant presque à la figure un paquet.

—Oooh, un stylo, que tu as acheté à la va vite cet après midi. Ça fait dix ans que tu m'achètes un stylo à la même date et au même endroit.

—Ce n'est pas de ma faute, si je ne me souviens jamais de ce que je t'ai offert l'année d'avant. Au moins j'y pense à ton anniversaire, moi ! Ce n'est pas comme ton père ! J'imagine que cette année encore, tu n'as pas reçu de ses nouvelles. Et pourtant il pourrait bien venir. J'ai appris qu'il était dans le coin.

—Comment ça ?

—Ah ! Tu ne le savais pas ? Il a été vu cet après midi à l'hôtel Dietrich. J'y suis allée, mais ils n'ont pas voulu me dire s'il était là. J'aurais pensé qu'il allait venir vous voir.

—Qui t'a dit ça ?

—Ben, ma copine Lucienne ! Tu sais bien qu'elle est femme de chambre là-bas.

—Tu fumes Timothée ? demanda Martin en humant l'air de la pièce.

—Non.

—Ah ? C'est bizarre, répondit Esther tout à coup plus calme, ça sent pourtant la cigarette.

Tout en disant cela, elle vit le tour de la pièce. Après avoir jeté un coup d'œil sur le balcon, elle se dirigea vers la chambre ;

Alain fut le premier à réagir.

—C'est moi qui ai fumé, dit-il précipitamment.

—Toi ? Ça m'étonnerait, si tu fumais, ça serait la bonne grosse gauloise bleue comme tous les beaufs. Alors que là c'est une cigarette blonde particulière, répondit sa belle-mère méprisante.

Elle ouvrit la porte de la chambre et se trouva face à Zacharie.

—Je m'en doutais ! J'en étais sûre !

Il sortit de la pièce et eut un geste d'impuissance envers ses enfants catastrophés. Près de la porte fenêtre, il alluma une cigarette.

Esther derrière lui, le regardait. Il avait tellement changé. Il ne ressemblait plus à l'architecte en costume qu'elle avait connue autrefois. Il avait, en dix ans, pris la silhouette du baroudeur. Son corps s'était épaissi, son visage buriné, comme les gens qui vivent en plein air toute la journée, son teint hâlé faisait ressortir ses yeux bleus. Ses cheveux toujours coupés courts auparavant, tombaient sur sa nuque en bouclettes souples. Même leur couleur avait changée. Ils avaient toujours était très blonds mais, désormais ils étaient presque ficelle, comme s'il avait passé de longues années au bord de mer.

—Tu es arrivé quand ? demanda Esther qui malgré tout, ne put s'empêcher de le trouver beau.

Il ne répondit rien.

—Tu vis où ? continua-t-elle

—....

—Tu es devenu muet en dix ans ?

Zacharie tira sur sa cigarette en regardant Talison plonger doucement vers la nuit.

—Enfin réponds ! S'énerva Esther, tu viens d'où ? Si tu es revenu pour le divorce, c'est raté. Il a été prononcé d'office. On est mariés depuis quatre mois. Tu reconnais Martin ?

Il jeta un regard méprisant à son ami d'enfance, en écrasant sa cigarette dans le cendrier sur la table du salon.

Esther continuait son monologue.

—Tu vis seul ? Tu fais quoi ? Tu étais où ?... tu ne réponds toujours pas ? Je t'ai pourtant connu plus bavard.

—Il a peut être perdu l'habitude de parler en vivant seul, ironisa Martin.

—*Que te jodan eres un imbécil. ¡ Hablare cuando te habrás ido !* (Va te faire foutre, imbécile. Je parlerai quand tu seras parti!) répondit Zacharie

Il parlait très vite et, même Hélène, eut du mal à tout comprendre.

—Qu'est-ce que tu as dit ? demanda Esther.

—*¡ Le he dicho que tiene que quitar el piso rápidamente, porque si no, voy a pasar su mono por la ventana !* (j'ai dit qu'il serait temps que tu dégages le plancher parce que je vais passer ton singe par la fenêtre !)

Cette fois Hélène avait compris et eut un sourire de satisfaction.

—Tu ne parle plus français ?

Esther était dubitative, son ex-mari était si différent. Il avait quelque chose de plus dur dans le regard. Il ne lui avait jamais fait peur, mais là, c'était différent. Il avait l'air plus sûr de lui. Il émanait de sa personne une force indéfinissable. On sentait qu'il avait l'habitude de se faire obéir, même son intonation était plus péremptoire. Elle avait pourtant envie de savoir ce qu'il avait fait pendant toutes ces années. Zacharie s'assit sur le canapé et alluma une cigarette.

—Tu fumes toujours autant ? dit Esther, il y a une femme enceinte ici, tu pourrais faire attention.

—Cela ne me dérange pas du tout, répondit Hélène qui avait d'emblée plus d'affection pour son beau-père que pour sa belle-mère.

Entendre Hélène répondre, fit réagir Timothée, qui jusqu'à présent, comme sa sœur, était resté debout et ne savait quelle attitude prendre.

—Bon, Maman, habituellement, tu ne t'attardes jamais beaucoup, alors il ne faut pas changer tes habitudes !

—Ah c'est ça ! Ton père revient dix ans après, tu l'accueilles à bras ouverts et moi tu me fiches dehors !

—*Es una costumbre que se transmite de padre a hijo,* (C'est une habitude qui se transmet de père en fils,) répondit Zacharie

—Il a dit quoi ? demanda Esther

—Il a dit que c'était une habitude qui se transmettait, traduisit Hélène en riant.

—Toujours aussi con ! mumura Martin

—Dis donc toi, tu as oublié que tu ne m'as jamais fichu dehors, mais que c'est moi qui suis partie, répliqua Esther.

Elle était véhémente, Martin lui mit la main sur l'épaule pour qu'elle se calme un peu.

—Oh ! Laisse-moi toi ! dit-elle en se dégageant brutalement, il m'énerve cette espèce d'enflure qui m'a pourri la vie.

Zacharie s'apprêtait à répondre. Il surprit les yeux de son fils qui semblait lui dire « *ne réponds pas Papa, je t'en prie ne réponds pas* ». Il se cala dans le canapé et se contenta de tirer sur sa cigarette calmement.

—Regarde ça, continuait Esther hors d'elle, regarde, avec sa veste en daim, il ne lui manque plus que le chapeau et il se prendrait pour Indiana Jones !

—Bon, allez maman, tu te calmes et tu nous laisse passer la soirée avec papa, proposa Timothée

—C'est ça ! Il vous a abandonnés et quand il revient c'est moi qui suis obligée de partir ! Eh bien non ! Ce n'est pas comme ça que ça se passe !

Elle s'installa dans un fauteuil bien décidée à ne pas partir.

—Moi, au moins, je suis restée auprès d'eux, ajouta-t-elle, même si je suis partie d'ici, je suis restée à Talison, je ne les ai pas abandonnés. Moi !

—Ben, tu vois Maman, je me demande si je n'aurais pas préféré, dit tranquillement Timothée.

—Eh bien ! Moi qui pensais te faire plaisir en venant ce soir, je te remercie.

—Tu sais, pour m'apporter ton éternel stylo, ce n'était vraiment pas la peine de te mettre en frais. Je vais être très franc Maman, déjà habituellement ta venue me gonfle, mais alors ce soir, elle me dérange complètement. Surtout quand tu viens avec Martin.

—Ah ? Parce que moi aussi je te dérange ? questionna Martin.

—Ce n'est pas nouveau ! Si tu n'avais pas foutu le bordel entre mes parents, ils ne seraient pas là ce soir, en train de s'engueuler !

—Comme si c'était de ma faute. Si ce n'avait pas été moi, ça aurait été un autre.

—Oh ! Et en plus il ne fait pas dans la dentelle ce con ! murmura Zacharie en riant.

—Ah c'est délicat ! ajouta son fils.

—Mais, mais… ce n'est pas ce que je voulais dire.

—C'est dit quand même. Allez, tous les deux, soyez sympas tirez vous.

—Tu manques de respect à ta mère, souffla Esther en se levant brusquement

—N'utilise pas des mots que tu ne connais pas Maman, le respect n'a jamais fait parti de ton vocabulaire.

Il attrapa sa mère par le bras et la poussa dans le couloir. Camille lui emboita le pas.

—Allez Maman, soit sympa. Laisse-nous avec Papa au moins pour ce soir, essaya-t-elle de temporiser.

—Ton père ! Ton père ! Pauvre idiote ! Tu sais ce que l'on dit ? « *Maman sûrement, papa peut être* » ! Je ne suis même pas certaine que ce soit ton père ! Pauvre gourde !

—La gourde, elle te dit merde ! répliqua Camille furieuse.

Timothée bouscula violemment sa mère sur le palier.

—Cette fois tu vas trop loin. Ne remets jamais les pieds chez moi ! Mère ou pas mère je te vire à coup de pompes.

Il claqua la porte.

—Ah ce que ça fait du bien ! dit-il en s'adossant à la porte d'entrée.

Il entendit Camille pleurer dans le salon. Alain, son ami, la prit dans ses bras.

—Chérie, elle a dit ça uniquement par méchanceté. Tu connais ta mère, ne te mets pas dans un état pareil.

Il fit un signe d'impuissance à son beau-frère. Tim caressa les cheveux de sa sœur.

—Camille, ne fais pas attention à ce qu'elle dit, Papa est là, il saura bien nous le dire. Calme-toi.

Zacharie était parti rechercher Marie qui n'avait pas bougé de la chambre.

—Tu as entendu ? lui dit-il.

—Oui, que vas tu dire à Camille ?

—La vérité, que veux-tu que je lui dise d'autre ?

Camille assise sur le canapé, se consolait dans les bras de son ami. Zacharie vint s'asseoir auprès d'elle.

—Camille, Camille regarde moi ! dit-il tendrement, Camille, ma chérie…

—Oh Papa ! C'est vrai ? Dis-moi, est-ce que c'est vrai ? demanda-t-elle en se jetant à son cou.

—Je… je…, bégayait-il

Il regardait Marie, en espérant trouver un soutien. Elle s'approcha de la jeune femme.

—Camille, dit-elle de sa voix douce, Camille, est-ce que cela a une très grande importance pour toi ? Je veux dire, en aimerais tu moins Zacharie, si ce n'était pas ton père ?

—Non, je ne crois pas.

—Pourquoi ?

—Parce que j'ai des bons souvenirs avec lui, qu'il s'est bien occupé de nous quand nous étions petits. Qu'il a essayé de nous protéger au maximum de cette folle.

—Ce n'est pas le plus important pour toi ? Zac t'a toujours aimée, que tu sois sa fille ou pas. C'est l'essentiel. Le père, c'est celui qui aime. Celui qui fait, c'est le géniteur. Quand les deux vont ensemble, c'est mieux, mais si ce n'est pas le cas, ce n'est pas grave. Celui qui aime, apporte beaucoup plus, que celui qui fabrique. Il y en a un qui t'a apporté la vie, bien sûr mais l'autre, ton avenir. C'est lui qui a fait ce que tu es maintenant.

—Oui... vous avez raison... mais maintenant qu'elle m'a dit ça je voudrais savoir... sanglotait-elle, Papa, je suis ta fille ou pas ?

—Je... Je ne sais pas ma chérie, je n'ai jamais su.

—Et tu n'as pas cherché à savoir ?

—Non, pour moi tu es ma fille. Je n'ai jamais voulu me poser de questions.

—Tu n'as jamais eu de doute ?

Il soupira en haussant lentement les épaules.

—Non... pas vraiment.

—Tu as quand même eu des doutes !

—Un peu, oui, mais je n'ai jamais voulu que cela prenne le dessus. Tu es ma fille parce que je t'aime comme telle.

—Tu accepterais que l'on fasse une recherche de paternité ?

—Et si ça confirme les dires de ta mère ?

—Tu seras celui qui m'a élevé Papa. Celui qui m'a donné mon avenir, comme dit Marie.

—D'accord, on s'en occupe dès demain alors.

—Ok Papa... je t'aime Papa, quelque soit le résultat.

Il embrassa longuement sa fille.

—Bon ! Je propose que l'on boive un verre pour se remettre de tout ça, déclara Timothée et qu'ensuite on mange un morceau de gâteau. Parce que je voudrais tout de même bien le goûter ce fameux gâteau d'anniversaire.

—D'accord Tim, mais par pitié, ta femme pourrait-elle nous faire un café en même temps ? demanda Zacharie, parce que là, franchement, avec le décalage horaire, on est un peu dans le brouillard.

—Pas de problème, Zacha... oh pardon ! s'exclama Hélène.

—Zacharie ! Si, Si, Zacharie ! Tu ne vas pas m'appeler beau-papa ?

—Heu… non pas vraiment.

Ils éclatèrent tous de rire. Timothée servit un whisky à son père et à son beau-frère. Hélène prit un jus de fruit, Camille et Marie un kir. Ils portèrent un toast à Timothée et au retour de Zacharie.

Accoudés au balcon, fumant une cigarette, les trois hommes ne purent s'empêcher de parler d'Esther. Timothée raconta à son père ce qui s'était passé après son départ.

—Dès qu'elle a su que tu avais disparu, elle a voulu s'installer ici avec Martin. Tu penses bien que les oncles et Papi ont veillé au grain. Ils ont entamé une procédure afin de lui interdire toutes relations avec nous. Cela nous a permis d'attendre tranquillement les dix-huit ans de Camille. Mais ça n'a pas été de tout repos. Elle nous a pompé l'air. Elle nous harcelait jour et nuit, en jouant la mère éplorée et incomprise. Et puis Martin, qui entre temps avait été viré de chez Fabien, a trouvé un chantier au Maroc. Ils sont partis. Ça ne fait que deux ans qu'ils sont rentrés. J'en ai profité pour me marier et quand ils sont revenus, elle a fait un scandale au cabinet parce que je m'étais marié sans lui dire. Camille vit maritalement avec Alain. Ils attendent qu'elle reparte pour se marier. Ils n'ont pas envie d'avoir à l'inviter.

—Il faut dire aussi qu'elle a fait de sacrés scandales en ville, intervint Alain, Tim lui a suggéré d'aller rejoindre ses parents dans les Pyrénées, mais elle n'a pas voulu.

—Ah bon ? Il n'est plus à Talison cet abruti ?

—Non, il a été muté dans sa région d'origine, peu de temps après votre départ.

—Ce n'est pas une perte pour Talison. Que cherchait-elle en faisant tout ces scandales ? Elle avait enfin ce qu'elle voulait, non ? Je n'étais plus là et elle vivait avec son amant, qui entre nous soit dit, a le mérite d'être toujours là… parce qu'Esther n'a jamais su avoir une relation durable !

—En fait, reprit Timothée, ce qu'elle voulait, c'était obtenir une pension alimentaire… parce qu'elle a vite déchanté avec son mec ! Il gagne bien sa vie, mais il n'a pas pu la suivre financièrement comme tu le faisais.

—Oh comme je le faisais ! N'exagérons rien ! Quand je suis parti, j'avais juste de quoi payer mon billet d'avion pour la Colombie. Elle m'avait tout bouffé. Mes frères n'ont jamais compris pourquoi je restais dans cet appartement, ni pourquoi je n'avais pas fait construire comme eux. J'étais bien trop endetté ! Si je leur avais dit, j'aurais eu droit à de sérieuses remontrances !

—Ils l'ont su Papa. Tu penses bien que nous avons été inondés très rapidement, de lettres de rappel, puis d'huissier. Tu avais disparu, mais les prêts ont continué à courir. Les oncles et Papi ont payé à ta place.

—J'avoue que je n'y avais pas songé…. Qu'est-ce que je vais entendre, quand je vais les revoir.

—Il y a des chances. J'ai l'impression que tu ne te rends pas compte de ce que l'on a pu galérer après ton départ. Papi et Mamie, les oncles ne nous ont jamais laissés tomber, ils ont payé nos études, nos permis de conduire, les vacances et même une partie de mon mariage. Alors les dettes en plus… ils y ont laissé quelques plumes quand même.

—Oui, tu as raison. Nous sommes là pour quelques jours, je m'arrangerais avec eux.

—Ça m'étonnerait qu'ils te demandent de rembourser.

—Peut être, mais ça serait bien de le proposer tout de même.

—Comme tu veux, mais il y a de fortes chances pour qu'ils refusent. Surtout Fabien, qui vit dans l'angoisse perpétuelle de te voir revenir couvert de dettes.

—Bah ! Je n'ai pas à me justifier. Nous avons gagné notre vie honnêtement en Colombie et nous l'avons payée cher…

—Pourquoi avoir mis autant de temps à revenir ?

—Ah, c'est compliqué. J'avoue que ce sont les circonstances qui nous on fait revenir maintenant, mais ce n'était pas prévu ainsi…

—Tu ne voulais pas nous revoir ? questionna Camille venue les rejoindre sur le balcon.

—Bien-sûr que si ! J'en crève d'envie depuis des années, ce que je vous ai fait n'est pas pardonnable. C'était déjà bien suffisant que votre mère soit partie en emportant tout le mobilier, je n'avais pas besoin d'en rajouter.

—Pourquoi l'as-tu fait ? demanda Timothée.

Zacharie chercha le soutien de Marie, devait-il leur dire qu'ils se connaissaient depuis longtemps ? Lui qui avait reproché pendant des années à sa femme d'avoir des amants, devait-il leur dire qu'il en avait fait autant ? Marie lui renvoya un regard chargé de tendresse.

—J'avais envie de fuir la morale de mes parents, de Fabien, de Simon, de tirer un trait sur tout ça. J'ai rencontré Marie, le temps a passé et je n'ai plus osé revenir. On a pris la décision de partir à l'étranger, parce que je ne trouvais pas de travail et que j'en arrivais à ne plus sortir de peur de rencontrer mes frères. Cela devenait presque de la paranoïa. Ce n'était plus vivable. Je savais très bien que Fabien allait tout faire pour me retrouver et je n'avais vraiment pas envie de retomber entre ses pattes, surtout après ce qui s'était passé le soir de mon départ.

—C'est sûr qu'il a tout fait, dit Timothée, je me souviens que l'on attendait que tu tires de l'argent sur ton compte pour savoir où tu étais. On a su que tu en avais retiré ici avant de partir et que tu en as repris deux semaines après, dans Paris. À partir de là, Fabien a prévenu tous les architectes susceptibles de t'embaucher pour qu'ils l'appellent au cas où, tu ferais une demande d'emploi. Il y en a qui ont joué le jeu, d'autres pas. C'est comme cela que l'on a su que tu avais envoyé un CV dans un cabinet du 16ème arrondissement.

—Oui, je m'en souviens de celui-là ! L'entretien s'était super bien passé, je devais commencer à travailler avec lui les jours suivants. Tout était ok, il m'a juste dit que pour mon premier dossier, j'allais travailler avec un architecte de province qui allait arriver dans la semaine. J'ai tout de suite compris. Je lui ai demandé si par hasard, il ne s'agissait pas de Fabien, il m'a répondu oui et que c'était d'ailleurs pour cela qu'il m'avait embauché. J'ai pris le contrat que l'on venait de signer, je l'ai déchiré et posé sur son bureau. J'étais furieux ! Cela faisait six mois que je cherchais du travail, j'étais super content, j'allais enfin pouvoir me stabiliser et Fabien détruisait encore tout. Je suis rentré totalement déprimé. Je refusais de sortir et quand je mettais le nez dehors, j'avais l'impression d'être un gangster en cavale. Je devenais complètement parano. On n'a pas trainé à partir. On s'est décidé en quinze jours. On est parti dans un premier temps un peu à l'aventure et puis on a fini par atterrir en Colombie. J'ai monté ma boite d'import export et comme ça à bien marché dés le début, nous n'avons jamais regretté notre choix... jusqu'au dernier tremblement de terre.

—En d'autres termes, Fabien n'aurait pas bougé, tu ne serais pas parti si loin, commenta Timothée.

—C'est certain, j'aurais trouvé du boulot sur Paris, je me serais stabilisé et je serais venu vous revoir rapidement, mais là, il m'a poussé à quitté la France. Je ne voulais surtout pas le revoir et redevenir le gentil petit garçon qui obéit à son grand frère.

—Mais que s'est-il passé le soir de ton départ ? demanda Camille, parce qu'on a toujours entendu Mamie dire qu'avec ce qui s'était passé, c'était normal que tu aies pris la fuite, mais on a jamais su, c'est presque un sujet tabou.

—Oh, on s'est engueulé, reprit son père, Fabien m'a donné un ultimatum pour divorcer. Soit je divorçais et il m'envoyait à New-York comme responsable d'un cabinet, qu'il avait l'intention d'ouvrir, soit je ne divorçais pas et il me licenciait. Comme je ne voulais pas de chantage, il a fini par dire qu'il le ferait dès le lendemain matin. Je lui ai dit ce que je pensais et je l'ai mis dehors, Simon à sa suite. Mes parents ne comprenant pas mon attitude, étaient furieux. Mon père m'a giflé en me traitant de petit con. Je les ais mis dehors aussi. C'est la dernière fois que j'ai vu mon père... j'ai dû partir à peine une heure après. A vrai dire, c'est une fois dans la rue que j'ai décidé d'aller chez Marie. J'étais pas mal paumé, je ne savais plus très bien où j'en étais. Je n'avais plus de femme, plus de meubles, plus de boulot et j'étais couvert de dettes. On peut être perdu à moins !

—Pas un seul instant tu n'as pensé que tu nous laissais ? demanda Timothée.

—Si ! Mais j'étais déjà dans l'avion.

Il fut interrompu par la sonnette. Ils se figèrent tous, pensant qu'il s'agissait d'Esther revenant à l'assaut.

—Ça ne peut pas être elle, dit Alain, elle ne connait pas le nouveau code d'entrée.

—Alors c'est qui ? demanda Camille.

Timothée entrouvrit la porte avec précaution.

—Ah c'est toi ! dit-il en voyant son oncle Fabien, j'ai cru que c'était Maman qui revenait à la charge.

—Pourquoi ? Elle est venue ? questionna Fabien en entrant, c'est vrai ce que l'on m'a dit ? Ton père est revenu ? continua-t-il sans attendre la réponse de son neveu.

—Qui t'a dit ça ? questionna Timothée.

—Mon beau-frère ! Tu sais bien qu'il est le patron du Dietrich tout même !

—Oui ! Je sais ! Il n'y a pas une obligation de discrétion dans son métier ? Si papa n'avait pas l'intention de revoir toute la famille dès ce soir, c'est plutôt raté.

—Il est chez toi ? Oui ou non ?

—Entre, répondit-il en se disant que si son père ne voulait pas voir Fabien, il avait eu largement le temps de se cacher dans la chambre.

Zacharie était assis sur le canapé et attendait son frère. Il se leva aussitôt. Fabien avait vieilli, ses cheveux étaient devenus gris. (*Gris souris, pensa Zacharie*) les années avaient marqué les traits de son visage. (*Une souris fripée pensa de nouveau Zac*).

—Ainsi donc, te voilà revenu ! dit Fabien en l'embrassant.

—Je dois prendre ça comme un accueil chaleureux ou comme un reproche ? demanda Zacharie souriant mais légèrement sur la défensive.

—Tu le prends comme tu veux... je suis content de te revoir... tu sais, on a tout supposé avec Papa et Maman. Ils se sont fait un sang d'encre. Tu aurais pu donner signe de vie tout de même !

—J'aurais pu, répondit-il en suivant le regard de son frère.

Il regardait Marie endormie sur le fauteuil.

—Marie, présenta Zacharie, ma compagne. Désolé, elle dort, mais avec le décalage horaire, elle n'en peut plus et je n'ai pas envie de la réveiller.

—Non, non ne la réveille pas, répondit Fabien en parlant plus bas. Elle a l'air charmant…Timothée, appelle donc Simon, Papi et Mamie. Ils seront ravis de te savoir là.

—Non ! dit Zacharie, non Fabien, pas ce soir, j'irais les voir demain, mais ce soir je suis avec les enfants.

—Enfin Zac, Papa et Maman se sont inquiétés pour toi ! Ils auront certainement envie de te revoir rapidement !

—Cela fait dix ans qu'ils attendent, ils attendront bien quelques heures de plus.

—On peut au moins les prévenir.

—Non ! Je n'ai pas envie de les voir débarquer ici, ce soir.

—Tu pourrais au moins avoir un peu de respect et leur dire dès ce soir que tu es là !

—Tu peux aussi avoir un minimum de respect pour mes enfants et estimer que cette soirée de retour leur est entièrement consacrée.

—Tes enfants ne sont pas stupides, ils comprennent bien l'inquiétude des vieilles personnes !

—Fabien ! C'est comme je l'ai décidé et pas autrement, plaise ou pas c'est comme ça. J'irai voir les parents demain, un point c'est tout.

Les deux hommes toujours debout au milieu du salon, avaient parlé un peu fort, ce qui réveilla Marie.

—¡ *Carajo, te hemos despertado !* (Ah, zut ! on t'a réveillé !)

—¡ *No hay problema ! ¿Quién es?* (Ce n'est pas grave ! Qui est-ce ?)

Fabien s'impatientait. Il ne supportait pas de ne pas maîtriser une conversation.

—Je te présente Fabien, dit Zacharie, mon frère aîné.

Elle se leva pour le saluer.

—Bonsoir, dit-elle, je suis désolée je me suis endormie.

—Bonsoir… Madame ?

—Marie !

—Bonsoir Marie, c'est grâce à vous s'il est revenu ? Où étais tu ? continua-t-il en se retournant vers son frère.

—En Colombie.

Fabien se laissa tomber dans un fauteuil en claquant ses mains sur ses cuisses.

—Allons bon ! Que faisais-tu là-bas ?

—Je vivais !

—Tu vivais, je m'en doute que tu vivais ! Mais tu y faisais quoi ?

—De l'import export.

—Ah ? Ben j'espère que tu n'es pas revenu parce que tu as des dettes.

—Ce que tu es agréable. Tu n'as jamais vu le sigle ZAMLI sur les bananes que tu manges ?

—Je n'ai pas vraiment fait attention. Ça veut dire quoi ?

—J'imagine que pour toi ça veux dire Zone à mobilité limité ? Ce sont les initiales de nos noms Zacharie Aubert Marie Land…

—Zac ! coupa Marie

—Import ! continua Zacharie.

Ce n'était pas la peine de dire tout de suite à Fabien le nom de famille de Marie.

—Tu ne veux vraiment pas que j'appelle Simon ? dit Fabien sans se rendre compte du malaise de son frère et Marie.

—Non… pas à cette heure, répondit Zac excédé et satisfait d'avoir évité les questions de son aîné.

—C'est vrai qu'il doit être couché…il vieillit mal, surtout depuis que ses enfants sont partis.

—Pourquoi ? Le départ des enfants c'est normal non ?

—Mets-toi à sa place Amaury qui est monteur vidéo et Ombelyne militaire ! Il y a de quoi être contrarié !

—Ben, si c'est ce qu'ils voulaient faire. Je ne vois pas pourquoi.

—Ces enfants-là auraient eu la possibilité de travailler avec leur père, ils auraient eu un bon salaire, une vie normale. Ils préfèrent aller galérer au diable vauvert pour un petit SMIC ! C'est insensé !

—Ce n'est peut-être pas l'argent qui les intéresse ? Ils ont peut-être envie de se débrouiller par eux-mêmes ? Après tout, s'ils sont heureux comme ça, je ne vois pas où est le malaise !

—Tu ne vois pas où est le malaise ? Simon a bossé dur pour permettre à ses enfants de faire des études et d'avoir une place honorable dans la société, les voila smicards. Il y a de quoi être rageur !

—Simon ne peut pas se dire qu'ils sont heureux comme ça ? C'est l'essentiel non ?

—Comment veux-tu être heureux avec cinq mille francs par mois ?

—On y arrive !

—Oh ! Évidement, pour toi c'est facile à dire. Tu n'as pas eu à te soucier de l'avenir de tes enfants.

—Ah ? Si tu le prends comme ça.

Il se cala un peu plus dans le canapé et alluma une cigarette pour cacher son exaspération. Son frère l'énervait, l'argent avait toujours beaucoup compté pour lui. On était quelqu'un d'honorable quand on avait un compte bancaire avec quantité de zéros derrière le premier chiffre. Pour lui, la valeur d'un être humain se mesurait à l'épaisseur de son portefeuille.

—Oui, je le prends comme ça, continua Fabien, tu es parti en laissant tes enfants dans une belle panade. Si papa, Simon ou moi on avait été smicards, tu retrouverais tes enfants balayeurs. Tu ne t'es pas soucié de savoir comment ils allaient vivre. Entre les dettes, les amendes, les études à payer, nous n'aurions pas pu faire grand-chose.

—Je sais, ils me l'ont dit, répliqua Zacharie de plus en plus énervé, d'ailleurs on réglera tout ça demain. J'irai te voir pour te rembourser.

—Je ne te le demande pas.

—Non mais tu me le reproches. On va donc couper court, j'ai les moyens de te rembourser je le ferai donc dès demain.

—C'est dommage que tu n'y aies pas pensé avant de partir.

Zacharie haussa les épaules. Marie vint s'asseoir auprès de lui et mit sa main sur son genou comme pour lui insuffler son calme.

—Ça ne t'est jamais venu à l'idée qu'ils allaient avoir tes dettes à payer, reprit Fabien un peu sèchement, pendant que tu te prélassais en Colombie. Il a bien fallu les faire vivre ces gamins là. D'après toi, qui est-ce qui à payé leurs études ? Leurs permis de conduire et le mariage de ton fils ? Hein ? Qu'est-ce que tu faisais toi l'année dernière pendant que Papa payait le mariage de Timothée ? Je ne lui reproche pas. Tes enfants sont moins ingrats que toi. Ils sont bien conscients que nous avons fait pour eux ce que nous devions faire devant l'indifférence de leurs parents. Ils nous le rendent bien, mais toi, tu peux me dire ce que tu faisais l'été dernier pendant que tes parents mariaient ton fils ?

Zacharie se leva brutalement du canapé. Marie le rattrapa par la main.

—Zac, dit-elle doucement, Zac !

Il s'immobilisa. Sans se retourner, il murmura :

—L'été dernier ? J'enterrais nos trois fils.

Il lâcha la main de sa compagne et partit sur le balcon. Marie vint le rejoindre. Elle le prit par la taille et restèrent un long moment enlacés.

Fabien conscient d'avoir réveillé une immense tristesse chez son frère était pétrifié. Il ne savait plus quelle attitude prendre. Le couple parlait à voix basse. Hélène attrapait quelques mots au vol et tentait de traduire discrètement.

—Elle le console en lui disant que vous ne pouviez pas savoir mais ils sont infiniment tristes l'un et l'autre, murmura-t-elle à l'intention de Fabien, Il ne voulait pas en parler maintenant et vous reproche de l'y obliger ainsi.

Elle supposait plus qu'elle ne traduisait réellement. Elle lui en voulait d'avoir été aussi dur.

—Papa ?... Papa ? appela doucement Timothée.

Zacharie et Marie se retournèrent ensemble. Ils avaient les yeux remplis de larmes.

—Tu veux nous en parler ? demanda encore Timothée.

Camille lui tendit une tasse de café.

—Viens, papa, Oncle Fabien ne voulait pas te blesser, dit-elle.

—Excuse-moi, ajouta celui-ci.

Le visage ravageait par le chagrin, Zac s'approcha du canapé tenant toujours la main de sa compagne.

—Il y a eu un tremblement de terre qui nous a pris par surprise en pleine nuit l'été dernier, expliqua-t-il, nous n'avons pas eu le temps de réagir, le toit de la maison s'est écroulé. Nous avons entendu les enfants crier puis plus rien, le vide, le néant, le silence… Nous sommes restés sous les décombres presque deux jours sans pouvoir bouger, ni leur venir en aide. Il a fallu attendre les secours pour savoir qu'ils étaient morts tout les trois. Fabrizio et Sergio étaient nos petits voisins. Nous les avions adoptés parce que leurs parents avaient été emportés par une coulée de boue qui avait traversé le village quelques années auparavant, ils avaient dix et huit ans. Alexandre n'avait que trois mois, c'était le nôtre. Nous ne pensions pas pouvoir avoir un enfant, c'était notre petit cadeau… Nous n'avions plus le cœur à rester là-bas. Le temps d'enterrer les enfants, de vendre l'exploitation et de refaire les passeports, nous avons vécu dans une masure qui a fini par s'écrouler complètement le mois dernier lors d'une légère secousse. Nous n'en pouvions plus, la vie reprend son cours après chaque catastrophe mais ce n'est plus pareil, on en sort meurtri à chaque fois, même si on a la chance de s'en sortir vivant… Pourquoi nous et pas les enfants ? Les deux valises que nous avons déposées à l'hôtel sont les seuls biens qui nous restent.

Il essuya une larme sur la joue de son amie.

Elle le tira par la main pour l'entrainer vers le canapé. Ils étaient restés debout, comme des enfants pris en faute et qui doivent expliquer leur comportement.

—Je suis d'accord avec toi Fabien, continua Zacharie en s'asseyant près de Marie, j'ai abandonné mes enfants, j'ai laissé tout le monde se débrouiller avec mes problèmes financiers. Je vous ai obligés à subvenir aux besoins de Tim et Camille. Mais je savais qu'ils étaient en sécurité, je savais que je les avais laissés entre de bonne main, que vous alliez les soutenir. Ce n'est pas la même chose d'abandonner ses enfants presque adultes que de ne pouvoir secourir des bouts de choux à qui nous avions fait la promesse de les protéger. Ils étaient si gentils, pleins de malice et ne rêvaient que de pouvoir rencontrer un jour leur nouvelle famille. Nous avions prévu de faire le voyage quand Alex allait être un peu plus grand. Ils étaient impatients de rencontrer leur frère et sœur ainsi que leurs grands parents et leurs oncles. Nous en parlions souvent…

Marie, demanda un verre d'eau à Hélène et en profita pour la suivre dans la cuisine. Elle était si triste, mais ne voulait pas le faire voir à Fabien.

—Même si ma fuite est impardonnable, je le paye cher et je ne t'autorise pas à me juger, continuait Zacharie, et encore moins à faire du mal à Marie même si ce n'était pas ton intention. Tu n'as jamais su faire preuve d'empathie et ton manque de compassion font des dégâts. Marie est trop délicate pour te le dire elle-même, tu lui as fait du mal alors que c'est moi que tu voulais blesser. Certes tu ne pouvais pas savoir mais si tu prenais un peu plus de temps pour écouter les gens qui t'entourent nous aurions pu en parler sereinement. Tu n'as pas changé. Tu n'es qu'un gros bourrin, toujours sûr de lui, toujours persuadé d'avoir la science infuse et la vérité absolue. Si ça pouvait te servir de leçon… mais je ne suis même pas certain que tu admettes.

—Bon d'accord, s'insurgea Fabien, je n'ai pas été délicat, mais comme tu le dis je ne pouvais pas savoir et je m'en suis excusé. Cela ne t'autorise pas pour autant à me manquer de respect et à ne pas écouter ce que j'ai à te dire. Certes, vous avez vécu un drame et je compatis, mais maintenant ? Que comptes-tu faire ? Parce qu'une exploitation en Colombie ça ne doit pas vraiment permettre d'élever des enfants et si tu as encore des dettes je ne suis pas certains de vouloir les payer à nouveau.

—Zacharie n'a plus d'enfants à élever, répliqua Marie revenant de la cuisine.

Fabien fit celui qui ne l'avait pas entendu.

—Tu sais Zac si tu veux je peux te reprendre dans le cabinet, continua-t-il et si tu ne veux pas rester en France le projet américains tient toujours. Tu pourrais gagner ta vie dignement en reprenant ton métier d'architecte.

—Et c'est toi qui parle de respect ?... Je te parle de mes enfants morts, tu me parles métier et argent. En fait les malheurs des autres tu n'en as rien à faire !

—Mais pas du tout ! Comment peux-tu dire une chose pareille ? Je suis bien triste pour vous, mais il faut avancer malgré tout dans la vie. Il faut que tu sois combatif.

Il faut avoir le courage d'avancer, de continuer. Cela ne veux pas dire qu'on oublie, cela veux dire qu'on a la volonté de vivre.

—Ouai, ben tu vois je crois que je vais te dire de la fermer… c'est dans ton intérêt.

—Mais enfin…

—Fabien ! tonna Zacharie, tu me gonfles. Dix ans avant, dix ans après, tu ne changes pas. Grâce à toi je suis parti en Colombie et à la fin de la semaine nous partons en Afrique du Sud et j'espère bien ne jamais t'y croiser. Par respect pour ce que tu as fais pour Tim et Camille je n'irais pas plus loin dans la conversation mais tu n'es vraiment qu'un gros con.

—Mais, mais… je te parle de l'avenir de tes enfants et toi tu m'insultes ? Que vas-tu être capable de leurs transmettre ?

—Je n'en sais rien et je m'en fous. Ils n'attendent pas après ça pour mener leurs vies. Ce que j'avais transmis à mes petits bouts de choux c'était la valeur d'une famille unie que je voulais leur faire connaitre. Ils connaissaient déjà leurs grands-parents maternels car les parents de Marie sont venus nous voir à la naissance d'Alexandre, je leur avais même parlé de toi en disant qu'ils allaient adorer ce tonton qui savait faire des beaux dessins. Je n'ai pas voulu leur dire que tu n'étais qu'un moralisateur, un manipulateur, avec un ego surdimensionné, que tu n'écoutais que toi, que tu n'avais que toi et rien que toi comme référence de perfection. Il n'y a pas d'autres mots pour te qualifier : tu n'es qu'un gros con !

—Tu es insultant et totalement immature !

—Mon poing dans la figure tu vas voir s'il est immature, répondit-il entre ses dents en se dirigeant vers le balcon.

Timothée, Camille, Hélène et Alain étaient médusés par le manque de tact de leur oncle.

—Oncle Fabien, arrête ! intervint Timothée, après ce que papa vient de nous raconter je trouve que tes propos sont déplacés.

—Oui, oui, bon c'est triste ! Mais j'ai raison ! Tu ne peux pas arrêter ta vie sur le décès de tes enfants…qui n'étaient pas les tiens en plus, ajouta-t-il plus bas sans voir Marie derrière lui qui avait entendu.

D'exaspération, elle le bouscula légèrement de l'épaule pour aller rejoindre son compagnon sur le balcon.

Zac qui n'avait pas entendu, la prit dans les bras pour consoler un sanglot qui la fit tressaillir.

—Bon de toute façon, nous te verrons demain chez les parents, reprit Fabien.

—Nous passerons rue Saint-Louis demain, répondit-il calmement, mais je ne sais pas à quelle heure, avec le décalage horaire, nous sommes un peu perturbés.

—D'accord… que faut-il faire pour que tu restes ici ?

—Rien Fabien, rien !

—Tu repars quand ?

—Je ne sais pas exactement. Nous avons deux ou trois choses à régler à Paris d'abord.

—Quoi que je dise ou que je te propose, tu ne prolongeras pas ton séjour ?

—Non !

—Bon… j'y vais, à demain alors, bonsoir Marie, bonsoir les enfants.

—Bonsoir oncle Fabien, dit Timothée en refermant la porte d'entrée.

Zacharie le regardait du balcon tout en fumant une cigarette.

—Ah, il n'a pas changé la bourrique ! Toujours aussi moralisateur !

—J'avoue que le tableau que tu avais donné aux enfants était beaucoup plus beau que ce que je viens de voir ce soir. Quel odieux personnage, ajouta Marie en se lovant dans les bras de son ami.

Elle sentait sa chaleur et avait l'impression qu'il lui insufflait sa force et sa protection. Rien ne pouvait lui arriver quand elle était dans ses bras. Pendant ce funeste tremblement de terre, il l'avait protégée, réchauffée et lorsqu'ils s'étaient rendu compte que les enfants n'étaient plus, il l'avait consolée et lui avait fait passer toute son énergie pour survivre. Elle savait désormais qu'elle ne pardonnerait jamais à Fabien ses mots si durs. Zacharie lui avait dit qu'il était raciste, homophobe, misogyne, obtus, manipulateur, mais malgré tout elle n'avait pas imaginé qu'il puisse être à ce point désagréable.

—Il ne faut pas lui en vouloir, répondit Timothée en s'appuyant au garde-fou du balcon.

Alain, venu les rejoindre, fumait également. La tristesse de Marie était perceptible, Camille et Hélène ne savaient pas quoi faire pour l'aider oublier cette vilaine discussion.

—Je crois qu'il ne se rend pas compte, dit Alain, il n'est pas méchant, il n'est juste pas diplomate. À vrai dire, il a le cœur sur la main, mais l'esprit étroit.

—Avec moi, il a toujours eu l'esprit étroit, répondit Zacharie, il n'a jamais pu s'empêcher de me faire la morale.

J'avoue que j'avais, bêtement, imaginé qu'il allait avoir changé en dix ans. Et puis il n'y a que lui, lui, lui et encore lui qu'il l'intéresse.

—Je pense que c'est une façon comme une autre de cacher son inquiétude…

—Son inquiétude de quoi ? Je ne lui demande pas de gérer ma vie.

Marie l'embrassa et partie rejoindre Camille et Hélène qui débarrassaient la table basse.

—Il a peur que tu ne sois pas bien, que tu ne fasses pas ce qu'il faut pour être heureux, il s'est fait beaucoup de soucis pour toi. Il a vraiment remué ciel et terre pour te retrouver. Avec papi, ils ont tout imaginé. Je ne peux pas te dire combien de corps ils ont été voir à la morgue pour être sûr qu'il ne s'agissait pas de toi…continuait Timothée

—Ok ! Je n'imagine peut-être pas, mais ça ne lui donne pas l'autorisation de me parler comme il le fait. Je ne lui pardonnerai pas d'avoir fait du mal à Marie. Cela ne me donne pas envie d'aller voir mes parents demain. Si papa ou Simon réagissent comme lui, ça se passera mal, je ne les laisserai pas faire. Je sais que je suis coupable, coupable de ne pas avoir su gérer discrètement ma vie de couple, coupable de vous avoir abandonnés, coupable d'avoir laissé des dettes, coupable de les avoir laissés se débrouiller avec vous et le reste, mais Marie n'est responsable de rien, les petits rêvaient de venir faire votre connaissance et comme l'a dit Marie tout à l'heure je leur ai décrit un tonton sympathique, drôle et terriblement gentil. Ils n'arriveront qu'à une chose c'est de me faire partir plus vite et plus loin.

—Parce que vous… tu connais plus loin que l'Afrique du Sud ? demanda Alain.

—L'Australie, il y a vingt quatre heures d'avion !

—Et pour Pretoria ?

—Je ne sais pas. Je te dirai ça quand nous serons arrivés...

Marie s'approcha doucement.

—Zac, dit-elle, il est temps d'aller à l'hôtel, je suis tellement fatiguée que je n'arrive plus à penser convenablement !

—Pour ce soir, puisque vos affaires sont à l'hôtel, vous dormez là-bas, mais demain, je vous veux à la maison, répondit Timothée, nous avons deux chambres qui seront aussi bien que le Dietrich.

—Deux chambres ? Pourquoi deux chambres ? s'étonna son père.

—Mais non, qu'est-ce que tu vas imaginer ! Je veux dire que nous avons de la place pour vous loger.

—Ah bon, j'ai eu des craintes tout à coup... à propos du Dietrich, Fabien a dit tout à l'heure que c'était son beau-frère qui tenait l'hôtel ?

—Oui, Arnaud Debostel. T'en souviens-tu ? Il tenait le petit restaurant devant le théâtre ?

—Oui, mais j'ignorais qu'il avait ouvert un hôtel.

—Oh il a fait une belle affaire ! Le Dietrich a été construit l'année de ton départ je crois...

—C'est possible, je me rappelle avoir vu les plans d'un hôtel dans le bureau de Fabien... mais je ne savais pas que c'était pour Arnaud.

—Ah non ce n'est pas lui qui l'a créé ! Les propriétaires se sont cassé la figure un an après l'ouverture environ et Arnaud qui venait de vendre son resto a tout racheté pour une bouchée de pain.

—Et sa femme ?

—Elle tient l'hôtel avec lui. Ils ont eu des jumeaux il y a quatre ans. Ils n'arrivaient pas à en avoir. Ce n'est un secret pour personne, ils sont nés par technique médicale, mais peu importe, les enfants sont là et les parents sont sacrément heureux. D'autant plus que depuis Arnaud s'est calmé. Je ne pense pas que tu as su qu'il avait eu une maîtresse. Ça a failli faire un beau scandale. Il a été vu plusieurs fois avec l'épouse du maire. Entre nous soit dit, il aurait pu prendre moins voyant. Toujours est-il que sa femme a bien failli demander le divorce. Quand tu connais Arnaud, l'imaginer en cavaleur c'est surprenant. Tante Laurence a eu du mal à encaisser, surtout puritaine comme elle est, penser que son frère puisse divorcer c'était au dessus de ses principes. ! Curieusement Oncle Fabien n'a pas été surpris ! J'ai toujours supposé qu'il était au courant depuis longtemps.

—Oui, c'est possible, répondit vaguement Zacharie.

Il se souvenait bien de l'époque où Arnaud avait été l'amant de sa femme. Il avait préféré se taire pour éviter les scandales familiaux connaissant le puritanisme de sa belle-sœur.

—Tu dors debout papa ! s'exclama Timothée ignorant le trouble de son père.

—Oui, je n'en peux plus… Marie, on y va ? demanda-t-il en rentrant dans le salon.

—Quand tu veux… *¿Que te pasa? Te encuentro un poquito raro* (Qu'est-ce que tu as ? Tu as un drôle d'air.)

—*Nada de una grande importancia, Timothée me hablaba de Arnaud… Estoy demasiado cansado para temer este género de recuerdos.* (Rien de bien important, Timothée me parlait d'Arnaud…je suis trop fatigué pour appréhender ce genre de souvenir…)

—*Claro, ya sabias que de nuevo aquí, los recuerdos volverían a resurgir.* (Évidement, tu savais qu'en revenant tu allais remuer tout ça...)

—*Si, lo sé, pero esperaba que no se pasaría así, entre saberlo y entenderlo...* (Oui mais entre le savoir et l'entendre…).dit-il en se penchant pour embrasser sa fille, allez bonsoir Camille. On te voit demain, aussi ?

—Bien-sûr, nous sommes invités chez papi et mamie pour fêter l'anniversaire de Tim.

—Bon, alors à demain, ajouta-t-il en serrant la main d'Alain, bonne nuit Hélène, j'espère que je ne t'ai pas trop dérangée avec mes cigarettes. J'avoue ne pas toujours y faire attention.

—Non, non ça va, rien ne me dérange. C'est une grossesse parfaite !

—Au fait, c'est pour quand ce bébé ?

—Pour le mois d'octobre, il y a encore le temps. Allez, papa, bonne nuit, bonne nuit Marie… C'est dommage que papa ne vous ait pas rencontré vingt huit ans plus tôt, ajouta Timothée en l'embrassant chaleureusement.

Il embrassa son père également quand l'ascenseur arriva. Le père et le fils eurent du mal à se séparer, même pour quelques heures. Puis, les portes se refermèrent et Zacharie appuya sur le bouton rez-de-chaussée. Il mit ses mains dans ses poches.

—Zut ! dit-il, j'ai oublié de lui donner son cadeau d'anniversaire de ses dix-huit ans. Décidément, il était prévu que je ne lui donnerais jamais.

12 MAI 2005

Ils n'avaient pas annoncé leur arrivée. Ils étaient là, devant la porte de l'immeuble. Elle attendait qu'il se décide à appuyer sur le bouton de la sonnette. Il hésitait encore.

Il sonna et attendit quelques instants.

—Oui ? dit la voix de Timothée dans l'interphone.

—C'est…papa, Timothée répondit-il

—Papa ? Papa ! Monte… je t'ouvre ! dit le jeune homme surpris. Camille, papa est en bas, ajouta-t-il à l'intention de sa sœur qui était dans le salon avec Hélène et Alain entrain de déguster son gâteau d'anniversaire.

Camille se leva d'un bond. Timothée attendait devant l'ascenseur et tomba dans les bras de son père dès que celui-ci ouvrit la porte.

—Papa ! Enfin ! Où étais-tu ?

—Papa ! répéta Camille en lui tendant les bras.

Zacharie était submergé par l'émotion et la honte. Il s'en voulait d'avoir négligé ses enfants de la sorte.

Timothée embrasa Marie chaleureusement.

—Qui est-ce ? demanda-t-il en regardant l'enfant qu'elle tenait dans ses bras, ton petit-fils ?

—Non, répondit-elle, ton petit frère.

Hélène les invita à entrer dans le salon. Marie déposa l'enfant qui se précipita aussitôt dans les jambes de son père.

—Qui est-ce ? demanda à son tour Camille.

—Thibault, ton petit frère, il est né en Tanzanie, répondit Zacharie en riant.

—Il est mignon, c'est dingue comme il est blond ! Bonjour Thibault, dit-elle en se mettant à la hauteur du petit garçon, tu me fais un bisou ?

Il agrippa encore plus les jambes de Zacharie, comme pour se protéger.

—C'est un petit sauvage. Il a été élevé en pleine nature et au soleil, répondit Zac.

—Avez-vous mangé ? demanda Hélène, nous en sommes au dessert... Asseyez-vous.

—Oui, nous avons dîné sur la route, répondit Marie en prenant place dans le fauteuil le plus proche. Son fils se précipita sur ses genoux.

—Vous partagerez bien quand même le gâteau d'anniversaire de Timothée avec nous ?... Thibault, tu veux du gâteau ? demanda doucement Hélène, tandis que Tim appelait ses enfants dans le couloir.

—Thomas, Clémentine, venez faire la connaissance de votre papi, dit-il en faisant entrer les petits dans le salon.

—C'est vrai vous avez deux enfants, dit Zacharie en les embrassant.

—Trois, papa, le dernier dort. Il n'a que six mois. Nous ne t'avons pas prévenu. Toutes les lettres que j'ai envoyées à Pretoria, depuis trois ans, me sont revenus avec la mention « n'habite plus à l'adresse indiquée ». Où étais-tu ?

—Après Pretroria, nous sommes partis en Tanzanie, dans un petit village coincé entre les plaines du Serengeti et la steppe Massaï. C'est d'ailleurs là que Thibault est né.

—Et il n'y a pas de téléphone, de poste, de papier, de timbre là-bas ? demanda ironiquement Timothée.

—Non… enfin … si mais c'est compliqué.

Gêné, il se leva et alluma une cigarette sur le balcon.

—Vous arrivez directement de Tanzanie ? demanda Camille, vous êtes en France depuis plusieurs jours ? s'étonna-t-elle encore sentant la gêne de son père.

Marie ne répondit pas. Elle se concentrait sur son fils qui faisait la connaissance de Thomas et Clémentine. Elle ne voulait pas répondre. Ce n'était pas à elle de le faire. Elle n'avait jamais été d'accord avec la façon d'agir de son compagnon.

—Vous êtes en France depuis longtemps ? insista Timothée palpant également le trouble de son père et sa belle-mère.

Zacharie regardait Talison baigné par le soleil de fin de journée.

—Papa ?... Vous êtes en France depuis longtemps ? redemanda le jeune homme.

—Oui, répondit-il.

—Depuis combien de temps ?

—….
—Papa ? Je t'ai posé une question.

Légèrement énervé, il sentait que son père lui cachait quelque chose.

—Oui, j'ai entendu et…. Vous allez m'en vouloir…
—Vous êtes rentrés depuis si longtemps que ça ?
—Oui !
—C'est-à-dire Papa ? Je t'en prie réponds-moi !

Timothée s'était approché de la porte-fenêtre. Zacharie en se retournant fut surpris de trouver son fils si proche de lui. Il regardait désespérément Marie, comme pour chercher de l'aide. Elle lui lança un regard d'encouragement mais n'intervint pas.

—Nous sommes en France depuis deux ans, répondit-il dans un souffle.

Timothée se tourna vers sa sœur interloquée comme lui. Hélène craignant des éclats de voix entraîna rapidement les trois enfants dans la chambre de Thomas.

—Tu as entendu ? demanda Tim à Camille.
—Hum… Pourquoi Papa ? Pourquoi ? dit-elle le visage défait par la déception.

Zacharie soupira fortement.

—Parce que ça s'est trouvé comme ça. Je ne voulais pas vous négliger de la sorte mais… je ne sais pas Camille, c'est ainsi, Tanguy a vendu son exploitation pendant que nous étions en Tanzanie. On devait y rester un mois et comme rien ne nous obligeait à rentrer, nous nous sommes installés plus durablement, puis Marie s'est trouvée enceinte, on se plaisait bien, nous y sommes restés. À Pretoria, mes affaires tournaient toute seules, je n'avais pas grand-chose à faire d'autre qu'une visite de contrôle régulière, nous nous sommes laissés endormir par la douceur de vivre des Massaï. Pendant ce temps, Tanguy s'est d'abord installé dans le Var, puis il a acheté un centre équestre dans les Bouches-du-Rhône et nous a demandé de venir travailler avec lui. Il avait beaucoup de boulot et n'arrivait plus à fournir. J'ai tout vendu et nous sommes rentrés en Janvier 2003.

Il avait parlé vite comme pour se libérer rapidement d'une corvée.

—Il a de la chance Tanguy, dit calmement Timothée, il t'appelle, tu viens. On n'a peut être pas appelé assez fort, Camille. On s'est planté quelque part.

—Oui, répondit la jeune femme, il va falloir qu'il nous dise comment il fait.

—Dans le patelin où tu habites, papa, là non plus, il n'y a pas de téléphone, de papier, d'enveloppes, de crayons ? De timbres… oui c'est ça il n'y a pas de timbres ! Ni de poste ! C'est certainement ça, il n'y a pas de moyen de communication. Vous habitez le seul bled de France où il n'y a aucun moyen de joindre l'extérieur. Hein, Papa, dis-moi que c'est ça ! Je t'en prie, dis moi que tu es dans un trou paumé où tu ne peux pas communiquer. J'aimerais mieux ça que d'imaginer que tu n'as pas voulu nous donner ta nouvelle adresse.

—On habite à vingt kilomètre d'Arles.

—Aaaah c'est pour ça ! Tu as voulu jouer l'Arlésienne !

Timothée se laissa tomber sur le canapé, près de sa sœur. Malgré tout, cela le fit sourire. Son père était toujours aussi imprévisible. À cinquante-neuf ans, il avait des réactions que lui seul pouvait suivre et comprendre.

—Explique-nous, papa. Parce que là, je ne comprends plus. Qu'est-ce qu'on t'a fait ? On ne t'a pas bien reçu en quatre-vingt-quinze ? On a été désagréables dans nos courriers ? Qu'est-ce qu'on a fait pour que tu nous traites de la sorte ? Tu te barres en quatre-vingt-cinq, tu reviens dix ans plus tard, on ne te reproche rien, on t'accueille à bras ouverts. Tu repars et quand enfin, tu donnes signe de vie, c'est pour nous apprendre que tu es en France depuis deux ans et que tu nous as évités. Tu n'as pas l'impression de nous abandonner encore une fois ? Parce qu'au cas où, tu ne t'en souviendrais pas, tu nous as déjà abandonné en quatre-vingt-cinq. Ce n'était pas la peine de remettre ça quelques années plus tard. Il a vraiment du pot, Tanguy. Cela fait vingt ans qu'il te côtoie. Je suis sûr qu'il te connaît mieux que nous. Il t'appelle, tu accours. Camille t'a écrit cinq fois pour te demander de venir à son mariage. Elle aurait été fière de remonter la nef à ton bras. C'est au mien qu'elle l'a fait. Ce jour-là, je lui ai servi de père parce que le nôtre était au diable Vauvert. Si Tanguy est marié, j'imagine que tu as assisté à son mariage. Il a vraiment de la chance. Nous, nous n'avons pas eu ce bonheur. Maman et toi vous nous avez fait chier toute notre enfance avec vos disputes. Le jour où, on aurait pu avoir la paix, tu disparais à ton tour. Tu réapparais dix ans après, mais comme Tanguy vous demande de le rejoindre au fin fond de l'Afrique, on ne profite de toi que huit petits jours. Tanguy rentre en France, il te demande de le rejoindre et cela fait deux ans que tu travailles avec lui. Tanguy ! Tanguy et encore Tanguy ! Timothée, Camille, ça ne fait plus partie de ton vocabulaire ? Pourquoi Tanguy et pas nous ? Je ne t'empêche pas de le voir, que Marie retrouve son fils régulièrement, c'est normal, mais nous, pourquoi ne sais-tu pas faire la même chose ? Tout ça c'était conciliable. Nous ne sommes plus des gamins, on n'allait pas être jaloux parce que tu vis avec Marie et son fils. On te demande simplement d'être un peu plus présent. Tu crois que tu n'aurais pas pu le faire ? Pourquoi papa ? Pourquoi ? Pourquoi fais-tu pour lui des choses que tu es incapable de faire pour nous ?

—Je ne sais pas… un passé que j'avais envie d'oublier, répondit Zacharie en éludant la véritable question de son fils.

—Mais, on en fait partie de ton passé ! explosa Timothée, on est là, on existe ! Les problèmes que tu as eus, c'est avec maman, pas avec nous !

—Tu ne peux pas comprendre Timothée, répondit Zacharie en s'appuyant avec lassitude au chambranle de la porte-fenêtre.

Camille ne disait rien. Elle était trop malheureuse pour dire quelque chose. Elle sentait que si elle ouvrait la bouche, tous ses ressentiments, bons ou mauvais, allaient se déverser. Elle ne se sentait pas objective. Timothée l'était.

—À trente-huit ans, tu crois que je ne peux pas comprendre ? On se demande alors, quand est-ce que je le pourrai. Il a bien fallu qu'à dix-huit ans, je comprenne ta fuite et, avec le temps, j'ai appris à la justifier, l'excuser. Je ne t'en ai jamais voulu. Même quand tu es revenu et que tu nous as, tranquillement, dit que tu n'avais pas pensé à nous à ce moment-là. Tu voulais fuir une vie de couple merdique, qui se finissait mal, pour aller retrouver ta maîtresse. Parce qu'il ne faut pas nous prendre pour des imbéciles, papa. Marie, tu la connaissais avant et même si tu as évité soigneusement les dates précises, nous avons bien compris que tu avais fait à maman ce qu'elle t'avait fait. Personnellement, je m'en fous. Je trouve même que tu as eu raison. Tu étais malheureux avec elle, tu t'es consolé dans les bras de Marie, tant mieux ! Pendant ou après ta vie commune avec maman peu importe, l'essentiel c'est que tu te sois senti bien à un moment ou à un autre. Mais là, papa, là, rien ne justifie ton silence. Rien n'explique pourquoi tu nous as oubliés de la sorte. Maman est partie depuis cinq ans au Canada avec son nouveau mec. Il n'y a aucun risque pour qu'elle revienne sans prévenir. Alors, cette fois-ci, ce n'est pas maman que tu as voulu fuir, c'est nous et je ne comprends pas pourquoi.

—Je n'ai pas voulu vous fuir. Quand on est rentré, j'ai eu beaucoup de chose à faire. Tanguy n'est pas mature comme vous. Il ne sait pas se débrouiller seul longtemps. Après, cela faisait six mois, puis huit et le temps a passé. J'ai eu peur de votre réaction. Je me suis enferré dans une situation que je ne contrôlais plus.

—Oh, ce sont des belles phrases ça, papa. J'aurais préféré que tu nous écrives six mois après, en disant que tu étais très occupé, plutôt que de te voir aujourd'hui chez moi, sans comprendre ce que tu y fais vraiment. Pourquoi es-tu venu ? Tu t'es souvenu hier que tu avais des enfants ? Tanguy n'a pas besoin de toi pour le week-end ? Merde ! On est tes enfants ! Bordel ! Même si ça te débecte que l'on soit les enfants d'Esther, on est là ! On existe ! Pourquoi nous oublier ainsi ? C'est inqualifiable ! C'est injustifiable !

Dans sa colère, Timothée s'était levé et faisait front à son père, qui se tenait toujours près de la porte-fenêtre. De rage, le jeune homme attrapa la porte et la ferma violemment. Zacharie hurla. Marie se leva précipitamment et prit la main de son ami. Il avait trois doigts écrasés et l'index saignait abondamment. Alain attrapa une serviette pour lui envelopper la main, tandis qu'Hélène rappelait son mari dans le couloir où il était parti se calmer. Zacharie était livide tellement la douleur était intense. Marie le fit asseoir sur le canapé.

Timothée, professionnel, enleva la serviette autour de la main de son père.

—Viens dans la salle de bain, je ne peux pas te soigner au milieu du salon. Tu peux te lever ?

—Oui, je crois, répondit son père sans oser le regarder.

Le médecin faisait son travail, le fils se reprochait intérieurement sa violence. Les deux hommes partis, Marie discuta avec Alain, Hélène et Camille. Elle tentait de leur expliquer l'attitude de son compagnon. Il n'avait pas écrit par crainte d'être encore harcelé par Fabien, qui émettait toujours des doutes sur ses capacités et surtout ses finances. Simon était aussi moralisateur que son frère manquait de diplomatie, quant aux lettres de Geoffrey, elle préféra dire qu'elles n'étaient juste pas agréables. Plus tard, il eut peur de signaler sa présence en France. Elle lui avait conseillé plusieurs fois d'écrire en précisant qu'il ne fallait pas prévenir ses parents et ses frères, mais il reculait toujours le moment de le faire et laissait passer le temps. Tanguy insista aussi en disant qu'il aimerait les connaître, mais rien n'y fit. Il commençait une lettre puis la jetait, recommençait et jetait à nouveau. Il était dans une spirale qui le dépassait. Elle l'avait obligé à venir aujourd'hui parce qu'elle avait bien remarqué qu'il était malheureux. Il ne s'était pas fait prier et finalement Marie réalisa qu'il n'attendait que cette réaction de sa part. Elle s'excusa auprès de Camille de n'avoir pas réagit plus tôt.

Quand Timothée et Zacharie revinrent, il avait la main gauche entièrement bandée.

—Ça va ? demanda Marie

—Mieux, mais ça fait mal, répondit-il en se précipitant sur son paquet de cigarette.

—Je suis désolée Marie, je n'aurais pas du m'énerver comme ça, murmura Timothée, enfin, ça nous à permis de discuter calmement c'est déjà ça.

Zacharie se mit à tousser sur le balcon.

—Tu devrais faire comme oncle Simon, proposa Camille, il suce des bonbons pour ne pas fumer.

—Non merci, j'aurais l'impression d'être un vieux croulant. Quand je suis parti, je me souviens de Simon avec ses bonbons en permanence, il m'énervait. ce n'est pas pour en faire autant.

—Peut-être mais, lui, ça fait vingt ans qu'il ne fume plus.

—Cela ne lui a pas arrangé les neurones, il aurait mieux fait de continuer à fumer, ironisa-t-il, Hélène pourrais-je avoir un café ? dit-il en aparté à sa belle-fille.

—Il faut admettre qu'il vieillit très mal, répliqua Timothée en riant, il est encore plus moralisateur que Fabien !

—Et les parents ? Comment vont-ils ? demanda Zacharie.

—Comme des personnes de quatre-vingts ans passés. Encore en forme. Ils s'entretiennent, ils voyagent, font partie d'associations, sortent beaucoup et s'intéressent à tout. Bref, ils sont encore bien vaillants pour leurs âges, répondit Hélène tout en servant un café à son beau-père.

—Ils se couchent de bonne heure ? demanda-t-il parce que nous n'avons pas réservé de chambre d'hôtel et je pensais aller dormir chez eux.

—Pourquoi tu ne vas pas au Dietrich ? C'est au bout de la rue ? demanda Camille.

—C'est toujours Arnaud Debostel qui tient ça ?

—Oui, répondit Timothée en venant le rejoindre sur le balcon.

—Alors je n'y vais pas, dit-il plus bas en se tournant vers la ville encore baignée par le soleil de fin de journée.

—Pourquoi ? C'est le beau-frère de Fabien ! Tu le connais.

—Justement !...Il y a prescription, mais... je pourrais passer outre... mais j'aurais du mal....je n'en ai pas envie en fait....

—Qu'est-ce que tu racontes ? Je ne comprends rien !

—Pffff, je me fais les questions et les réponses ! C'est que... Arnaud a été l'un des amants de ta mère.

—Quoi ? Arnaud ? Noooon !

—Ça a duré sept ans environ.

—Maman et Arnaud ? Alors là ! Mais c'était quand ?

—Avant... Avant Martin.

—Ça alors ! Maman et Arnaud ! Tu en es sûr ? Parce qu'il a été l'amant de la femme du maire aussi.

—Des Arnaud Debostel, il n'y en a pas légion dans la ville. Ne va pas chanter ça sur les toits. Je n'ai pas fait de vague à l'époque pour éviter le scandale que ça aurait pu faire dans la famille. C'est justement le beau-frère de Fabien.

—Vu la réaction de tante Laurence lorsqu'elle a appris pour la femme du maire, j'imagine ce que ça aurait donnée si elle avait su pour maman.

—C'est ça, c'est ce qui m'a poussé une fois de plus à ne rien dire.

—C'est à cette époque là que tu as connu Marie ? demanda Timothée dans un sourire complice.

Les deux hommes étaient seuls sur le balcon accoudés au garde fou.

—Qu'est-ce que tu veux savoir ? demanda Zacharie amusé par la question.

—Oh rien de précis… comme ça, par curiosité…. Marie tu la connais depuis longtemps ?

—Oui.

—Avant que Maman ne parte ?

—Oui.

—C'était ta maîtresse ?

—Oui.

—Depuis longtemps ?

—Oui… C'est un véritable interrogatoire pour juste de la curiosité.

—Comme tu l'as dit tout-à l'heure, il y a prescription.

—Oui, sauf que je n'ai pas envie que ça se sache. J'ai fait assez de foin quand ta mère a eu un amant.

—Tu l'as rencontrée comment ?

—Ah avec Marie c'est un peu compliqué. Elle devait avoir treize ou quatorze ans la première fois que je l'ai vue. C'était lors d'une soirée dans l'appartement qu'Esther avait en colocation avec Isabelle, la sœur de Marie. Elle était mignonne, très douce, mais c'était une gamine. Je n'ai guère fait attention. Et puis, je l'ai revue, par hasard, dans le métro en dix-neuf-cent-soixante-dix. Elle avait dix-neuf ans. C'est elle qui m'a reconnu. J'étais à Paris pour un voyage d'affaire. J'étais tout seul et n'avais aucune envie de passer ma soirée à l'hôtel devant la télévision. Je l'ai invitée au resto et il est arrivé ce qui devait arriver. Elle était toujours aussi mignonne, aussi douce qu'elle l'est encore. Le lendemain, on est reparti l'un et l'autre en sachant que l'on ne se reverrait pas. C'était une aventure d'un soir, ni plus ni moins. Le hasard a voulu, encore une fois que je la rencontre quelques années plus tard dans le train. Elle revenait de chez ses parents. Je n'aurais pas fait attention s'il n'y avait pas eu Tanguy. Elle était assise devant moi et le gamin n'arrêtait pas de se mettre debout pour voir ce que je faisais. À l'époque, ça n'allait pas du tout avec Esther. Elle était avec Arnaud et j'en avais plus que marre. Elle partait des week-ends entiers, découchait continuellement et on se disputait quasiment tous les jours…. Je n'étais pas bien dans mon couple et j'avais devant moi un petit garçon de sept ans qui faisait le pitre et me faisait rire. Il me faisait penser à toi, j'ai fini par jouer avec lui. Il est venu s'asseoir à côté de moi. Marie m'avait reconnu quand je suis monté dans le train et si Tanguy n'avait pas été là, elle n'aurait rien dit.

—Tu es son père ?

—…. Oui, mais il ne le sait pas.

—Ah bon ? Depuis le temps vous ne lui avez jamais dit ?

—Je pense qu'il a des doutes, mais nous n'en avons jamais parlé ensemble. On vit bien comme ça, cela ne sert à rien d'en parler maintenant.

—Mais si tu ne les avais pas croisés dans le train, tu n'aurais jamais su que tu avais un fils ?

—Non, Marie ne voulait pas me le dire.

—Pourquoi ?

—Parce que c'était une aventure d'un soir, parce qu'elle savait que j'avais une femme et des enfants, parce qu'elle ne voulait pas briser un ménage, parce que c'est Marie, c'est tout ! Quand Tanguy est venu s'asseoir auprès de moi, elle s'est retournée, il m'a semblé la connaître, j'ai demandé au petit comment il s'appelait et quand il m'a dit Tanguy de Landelaure, j'ai tout de suite compris.

—Landelaure ? De la famille du « Coq en Thym » ?

—Oui, c'est son père.

—Ah ben ça alors. J'ai fait mes études avec son frère Stanislas !

—Je sais, il me l'a dit. Il est venu exprès en Colombie pour m'en parler. Il était catastrophé, il avait peur de faire une gaffe.

—Aaah, je comprends mieux pourquoi il me disait tout le temps qu'il était sûr que mon père allait bien quand j'avais le moral dans les chaussettes... La vache ! Il n'a jamais gaffé. Les oncles étaient presque plus fiers de me savoir copain avec Stan que de penser que j'allais devenir médecin.

—C'est un peu pour ça que nous n'avons pas dit son nom de famille quand nous sommes venus en quatre-vingt-quinze ! Notre boîte d'import export s'appelait ZAMLI : Zacharie Aubert Marie Landelaure Import. Vu que Fabien est persuadé de mon incompétence, il ne s'est pas soucié de savoir ce que voulais dire le L de ZAMLI ! Et c'est heureux... quand il va le savoir...

—Il va être d'une jalousie hallucinante. « Le Coq en Thym » c'est tout de même la plus grosse boîte d'agroalimentaire de la région si ce n'est de France ! Depuis le temps qu'il cherche à entrer dans le cercle des Landelaure. Je ne voudrais pas être à ta place Papa... j'y pense maintenant, Stan m'a parlé de son neveu qui vivait à l'étranger. Il a quel âge Tanguy ?

—Trente-quatre ans, Stan en a trente-huit.

—Comme moi…. Stanislas ignore aussi que tu es le père de Tanguy ?

—Je ne sais pas, je te l'ai dit, nous n'en parlons jamais. Quand Marie s'est trouvée enceinte, elle a dit que le père de l'enfant était un ami qui était mort dans un accident de voiture. C'était plausible, puisqu'elle a effectivement perdu deux amis dans un accident, peu de temps avant la naissance. Nous n'avons jamais démenti. Quand je l'ai su, j'ai assumé sans rien dire, il m'a très vite considéré comme son père. Il avait dix ans quand il m'a appelé papa et a toujours su que j'avais une autre famille. Cela est resté entre nous. Quand je suis arrivé dans leurs vies, il avait déjà quinze ans, les choses se sont clarifiées d'elles-mêmes et ont été plus simples quand nous sommes partis à l'étranger.

Les deux hommes restèrent un long moment en silence à contempler la ville qui baignait dans un doux halo rougeâtre de belle soirée printanière.

—Mais…si tu ne les avais pas rencontrés dans le train, reprit Timothée, Marie ne te l'aurait jamais dit ?

—Non…Quand je l'ai rencontrée dans le train, Nous avons discuté, puis elle m'a donné son adresse et plus tard à chaque fois que j'allais à Paris je passais les voir. Elle me l'a dit qu'un an après. Nous avions appris à nous connaître, à s'apprécier et finalement à s'aimer.

—Si vous ne vous étiez pas plu, elle ne t'aurait rien dit ?

—Non, sans doute pas !

—Pffff, c'est classe !

—C'est Marie.

Marie caressa tendrement le dos de son ami.

—Qu'est-ce que tu racontes ? demanda-t-elle en l'embrassant, j'entends mon prénom à tout bout de champ.

—Je lui disais que tu es la femme de ma vie, répondit-il en lui rendant son baiser.

—Tu as appelé tes parents ? reprit-elle.

—Attends je vais le faire, proposa Timothée voulant laisser le couple dans leur intimité.

Ils restèrent seuls sur le balcon tendrement enlacés.

—Ça va ma puce ?

—Oui, tes enfants sont vraiment charmants.

—Timothée sait pour Tanguy.

—Tu lui as dit ?

—Il s'en doutait.

—Et ?...

—Rien, mon fils est tolérant.

—Avec les parents qu'il a, il vaut mieux… À propos de Tanguy, je n'arrive pas à le joindre.

Il allait répondre quand Timothée arriva.

—Désolé Papa, mais les grands-parents ne sont pas là. J'ai appelé Fabien qui m'a dit qu'ils ne rentraient que demain. C'est une chambre au Dietrich ou chez Fabien.

—Tu lui as dit qu'on était là ?

—Heu… oui désolé. On peut aussi mettre les trois enfants dans le lit de Clémentine et vous dormez dans la chambre de Thomas.

—Ça ne te dérange pas ? Parce que franchement dormir chez Fabien, ça ne m'emballe pas du tout.

—Ah bon ? Ça alors c'est surprenant, ironisa le jeune homme, non, il n'y a pas de problème et ça te permettra de faire la connaissance de ton nouveau petit-fils demain matin.

—Oui, au fait, Comment s'appelle-t-il ?

—Heu... Zacharie.

—Ah non, vous n'avez pas fait ça ? Pauvre gosse.

—Ben, pourquoi pauvre gosse ? On trouve cela très joli ! S'exclama Hélène qui était venue les rejoindre.

—C'est un prénom trop lourd à porter dans la famille, Hélène, le petit en fera les frais plus tard vous verrez.

—Pourquoi ? À cause de toi ?

—Et du cousin ! Moi, j'ai souffert de la comparaison avec le cousin Zacharie, lui souffrira de la mienne. Dans la famille du moment que tu t'appelles Zacharie, tu es utopique, instable, immature et irresponsable. Mon père ne m'a jamais vu parce qu'il idéalisait son cousin. Fabien ne verra en votre fils que moi. Ils sont comme ça depuis des générations. Il y a eu une flopée de Timoléon, de Gaspard, d'Artus dans la famille parce qu'on espérait que l'un allait ressembler à l'autre. Mon père s'appelle Geoffrey parce qu'il y a eu un Geoffrey qui était droit, intègre et manque de pot qui a coulé avec son bateau. Fabien se nomme ainsi parce qu'un Fabien était un curé de campagne absolument adorable. Je m'appelle Zacharie, parce que le cousin de mon père était drôle, utopique, gentil et passionnait tout le monde avec ses souvenirs de voyage. Sauf que j'ai déçu mon père. Je n'ai pas été drôle, gentil et passionnant. Je ne l'ai jamais beaucoup intéressé, je ne ressemblais pas à son cousin Zacharie. Je parie qu'ils ont essayé de vous en dissuader.

—C'est pas faux ! Ils n'ont pas franchement apprécié, répondit Timothée.

—Je n'en doute pas le moins du monde ! Le cousin m'a pourri la vie comme je pourrirai la vie de ton fils. S'il fait une seule bêtise à l'école tu auras immanquablement le « *normal, il ressemble à son grand-père* ».

Ils étaient tous retournés s'asseoir dans le salon, sauf Marie qui essayait de joindre son fils au téléphone.

—Tu n'es peut-être pas très objectif, papa, ironisa Camille, il est clair que tu ne les aimes pas beaucoup.

—Ce n'est pas que je ne les aime pas, c'est qu'ils m'ont toujours gonflé. J'ai l'impression qu'ils me voient toujours en culotte courte. Il faudrait que je leur prouve en permanence que je suis un grand garçon. Quand je travaillais avec eux, tous les samedis soir, c'était le même rituel. Fabien et Simon venaient me chercher pour que j'aille passer la soirée à leur club. Et tous les samedis soir, je me mettais en jean et basket avant qu'ils n'arrivent. J'avais droit automatiquement à une réflexion. Je devais me changer. Je n'entrerais jamais dans le monde des grands. Je ne me ferais pas d'amis dans le métier. Je n'étais vraiment pas reconnaissant à Fabien de m'avoir ouvert les portes d'un monde de professionnels compétents et j'en passe ; Une somme de conneries monumentales ! Et ils pensaient me punir en me laissant à la maison. J'ai toujours été le petit canard boiteux de la famille. Même mes oncles me considèrent comme un bon à rien. En plus, pour eux, j'ai fait pire : j'ai refusé de faire médecine ! Quelle honte, un Aubert qui crache dans la soupe. Aucun d'eux ne m'a cru en quatre-vingt-quinze, quand j'ai expliqué que j'avais monté une société d'import export en Colombie. Aucun d'eux ne me croira demain, s'ils apprennent que Marie est une Landelaure, ils penseront que c'est grâce à ma belle famille que j'ai pu le faire. Ils sont totalement incapables de penser que je puisse avoir changé. Que le gamin que j'étais à grandi. Je n'ai pas fait plus de bêtises que les autres, mais je traîne dans la famille une réputation de délinquant parce que mon frère aîné m'a surpris à fumer un joint à la sortie du lycée. J'ai dû partir un an chez le colonel Artus Aubert, médecin militaire, borné, buté et totalement rétrograde. Il me réveillait tous les matins en disant « *lève toi graine de voyou, honte de ton père* ». C'est une famille de merde, qui s'imagine sortir de la cuisse de Jupiter, parce qu'il y en un qui est venu s'installer à Talison comme toubib en mil sept-cent-cinquante et qu'un autre a son nom sur la plaque d'une rue. S'ils savaient que je rencontre régulièrement l'ambassadeur de France en Colombie et que je suis le parrain de sa fille, ils seraient foutus de penser que cet homme là n'est pas digne de confiance. Ça me gonfle tout ça, parce que je sais que si c'était Fabien ou Simon, ils se pavaneraient de fierté. La connerie poussée à son extrême !

—Si je peux me permettre, intervint Alain, c'est plus à tes parents qu'à tes frères que tu reproches cela.

—Oui et non, Fabien est tellement imbu de lui-même que dans mon esprit je fais un amalgame. Maman c'est différent. Maman, c'est la femme soumise de son époque. On ne critique pas son époux et son fils aîné, on ne contredit pas l'autorité paternelle et surtout on ne laisse passer aucun sentiment qui pourrait faire penser qu'on n'est pas d'accord avec cette dite autorité. Maman, elle est dans son monde, c'est une bourgeoise jusqu'à l'indécence. J'ai toujours pensé qu'elle aurait aimé élever ses fils comme au XVIIIe siècle, dans une pièce isolée avec une préceptrice. Elle est adorable, mais c'est une bourgeoise jusqu'au bout des ongles. Quand papa m'a giflé le jour de mon départ elle n'est pas intervenue, pour rien au monde elle aurait pris parti.

—Elle s'en est voulu, intervint Camille.

—Oh, ça m'étonnerait !

—Ah pourtant c'est toujours ce qu'elle m'a dit. Pour elle tu étais dépressif et papi n'aurait pas dû réagir ainsi, tu passais du rire aux larmes et quand elle a appris le lendemain que tu avais disparu elle a imaginé le pire.

—Si elle m'avait fait confiance, elle aurait tout de suite compris que j'avais pris le large et que je n'étais pas parti pour me suicider. Esther m'avait déjà donné toutes les raisons possibles et imaginables pour être dépressif, je n'allais par mettre fin à mes jours alors que je pouvais avoir, enfin une vie normale !

—Oui, mais pour eux tu refusais de vivre normalement. Tu ne voulais pas divorcer.

—Même encore maintenant, Timothée, alors que le divorce a été prononcé d'office, que je vis avec Marie depuis dix-sept ans, ils n'en sont pas encore sûrs.

Il fût interrompu par la sonnerie de la porte d'entrée. Il se précipita sur le balcon quand il entendit Timothée accueillir ses oncles.

—As-tu réussi à joindre Tanguy ? demanda-t-il à Marie.

—Non, il ne répond pas. Ça m'inquiète.

—Il est sorti sans doute.

—Hum….je réessayerai tout à l'heure… en attendant soit un gentil petit garçon va dire bonjour à tes grands frères, dit-elle en riant, ils attendent.

—Je n'avais vraiment pas envie de les voir ce soir pourtant.

—C'est nous que tu n'avais pas envie de voir ? demanda Fabien dans son dos.

—Oui, répondit Zacharie en souriant.

—Oh, tu n'es pas très courtois ! s'exclama Simon.

—Que t'est-il arrivé ? s'étonna Fabien en voyant la main bandée de son frère.

—Rien de méchant, je n'ais pas rangé mes doigts assez vite, répondit-il en les embrassant rapidement.

—Pfff tu ne fais donc jamais attention ?

—Tu es arrivé quand ? demanda Simon.

—Ce soir.

—Vous rentrez de Pretoria ?

—Non de Tanzanie.

—Allons bon ! Que faisais-tu là-bas ?

—Nous étions dans une mission catholique, où Marie secondait les sœurs pour soigner les enfants et moi de l'alphabétisation dans l'école de la communauté.

—Toi ? Tu apprends à lire à des nègres ?

—À des Africains, Fabien, oui, à des Africains, ça te surprend ?

—Vu ton assiduité à l'école, j'avoue être surpris d'apprendre que tu as fait la classe.

—Tu sais… j'ai grandi.

—Oui, oui, bien sûr, répondit-il distraitement, bonjour Marie, vous allez bien ? Vous êtes juste de passage ou on a une chance pour que vous vous installiez enfin par chez nous ?

—Nous…. commença Marie.

—…sommes là pour le week-end, coupa Zacharie, nous repartons mardi pour les Bouches-du-Rhône.

—Ah, c'est déjà moins exotique ! Qu'allez-vous faire là-bas ?

—Rejoindre mon fils, il y a ouvert un centre équestre, répliqua Marie.

—C'est à toi, Zacharie, la belle voiture immatriculée dans les Bouches-du-Rhône qui est garée en bas ? demanda Simon.

—……. Non c'est celle de Tanguy, il nous l'a prêtée.

—Vous arrivez de Tanzanie ?

—Non… si ! Si, sisi ! C'est ça ! Nous arrivons de Tanzanie !

—Tu n'as pas trop l'air sûr de toi, mon pauvre garçon.

—C'est le décalage horaire.

—Sans doute…

Timothée, Camille, Hélène, Alain et Marie souriaient de le voir mentir avec aussi peu de conviction. Thibault fit irruption dans la pièce en criant suivit de Thomas et Clémentine hilares.

—*Dad there is a ghost in the closet, Thomas told me so, I am scared.* (Papa ! il y a un fantôme dans le placard ! c'est Thomas qui me l'a dit ! j'ai peur !)

—*Los fantasmas no existen nene, continua a hablar ingles o español, no hace falta que esos señores que están ahí comprendan nuestra conversación.* (Les fantômes n'existent pas bonhomme, continue à parler anglais ou espagnol, ce n'est pas la peine que les messieurs qui sont là comprennent notre conversation.)

—*why is that* ? (Pourquoi ?)

—*Para nada, así, para jugar, no les decimos que vivimos con Taguy, si no ellos van a ganar el juego y nosotros habremos perdido. ¡ Seria una lastima !* (Pour rien, comme ça, c'est pour jouer, on ne leur dit pas que l'on habite chez Tanguy, sinon ils vont gagner le jeu et nous aurons perdu. Ça serait dommage !)

—¿Que se gana en tu juego? (Qu'est-ce qu'on gagne dans ton jeu ?)

—¡ Lo que mas te gustara ! (Heu... ce qui te fera le plus plaisir !)

—¿Un conejo? (Un lapin ?)

—¡ No, eso no ! (Ah non, pas ça !)

—¡ Entonces me da igual, vamos a perder ! (Bon tant pis, on va perdre !)

—¡ Negociaremos llegando en casa ! ¿De acuerdo? (On négociera à la maison ? D'accord ?)

—¡ De acuerdo !... ¿Tengo que ir y decirles buenos días? (D'accord !... il faut que je leur disent bonjour ?)

—Si (oui.)

*—¿No puedo en francés? (*En français, je ne peux pas ?)

—Si pero es menos gracioso. (Si, mais c'est moins drôle.)

—*Hello* (Bonjour) lança l'enfant hésitant à faire comme Thomas et Clémentine qui avaient embrassés leurs oncles.

—Bonjour « jeune homme », répondit Fabien surpris, qui es-tu ?

—Thibault, notre fils, intervint Zacharie rapidement. Il parle anglais quand il a peur.

—Et espagnol couramment, ajouta Hélène amusée par la conversation qu'elle venait d'entendre.

—Il baragouine aussi en Bantou qu'il a appris avec ses petits copains en Tanzanie, Espagnol avec nous et Anglais avec Tanguy.

—Il parle un peu Français aussi ? demanda Simon ironique.

—Aussi.

—Il est mignon, il te ressemble Zacharie.

—Ça, Simon, ce n'est peut-être pas un avantage, répliqua Fabien, au fait, Zac tu sais que Timothée a prénommé son dernier Zacharie ?

—Oui, j'avoue que ce n'est pas la meilleure idée qu'il ait eu.

—Ah, tu en es conscient, c'est déjà ça !

—Hum… tu as d'autres amabilités en réserve ? Ou c'est juste naturel ? Tu sais, si tu en as encore beaucoup à me balancer ainsi… il ne faut pas te sentir obligé de rester.

—Tu n'es pas très poli, Zacharie. Il faut que tu comprennes tout de même que ton frère est un peu furieux contre toi ! moralisa Simon.

Timothée et Zacharie pouffèrent de rire.

—Et ça te fait rire ? Il n'y a vraiment pas de quoi ! ajouta-t-il.

—Non… enfin si un peu.

—Tu n'as pas reçu mes courriers dans ton pays de zoulous ? coupa Fabien.

—Si… mais je n'avais pas envie de te répondre.

—Ah, tu préfères alphabétiser des…

—Tais-toi, Fabien, tu vas dire des conneries.

—Zacharie ! Tu es impoli avec ton frère aîné ! se choqua de nouveau Simon.

—Je sens que je vais être très vulgaire si vous continuez tous les deux.

—Il y a de quoi être mécontent, je t'offre un pont d'or pour te faire revenir à Talison et j'apprends que tu préfères alphabétiser une peuplade africaine.

—Tu pourrais me décrocher la lune que je n'en voudrais pas de ton job.

—Mais que te faut-il bon sang ? Tu as donc l'intention d'élever Thibault comme tu as élevé Timothée et

Camille ? Dans la précarité ? Heureusement que nous avons été là pour eux. Tu es toujours aussi inconscient ! C'est bien joli tous tes voyages, mais il faut pouvoir financer tout cela et j'ai bien peur que tu n'en as toujours pas réalisé le prix. Nous t'offrons la possibilité de devenir quelqu'un et toi tu n'en veux pas ? Je suis ton grand frère, je suis là pour t'aider.

Fabien s'empourprait. Il enrageait de le voir si hermétique à « sa charité ».

—Fiche moi la paix Fabien !

Simon allait intervenir mais Zacharie lui coupa la parole.

—Et toi, arrêtes avec ta morale à deux balles ! C'est dingue ce n'est que l'épaisseur de mon portefeuille qui t'intéresse, que la valeur de mon compte bancaire. Sache que j'ai suffisamment bien gagné ma vie en Colombie et à Pretoria pour me permettre de ne plus travailler depuis trois ans. Que je viens de vendre deux sociétés d'import export et une agence immobilière, que j'ai acheté un petit château dans les Bouches-du-Rhône et que je finance le centre équestre de Tanguy. Il faut que tout se ramène à toi, que tu puisses avoir le sentiment que sans toi, le grand Fabien Aubert, nous ne puissions pas vivre « normalement » enfin selon tes normes. Personnellement j'ai mieux vécu sans toi qu'avec toi !

—Co..co..comment as-tu fait ? Je ne comprends pas. Quand tu es parti tu étais couvert de dettes. Nous avons du intervenir pour ne pas laisser tes enfants couler...

—Il me semble que je t'ai remboursé en moins de deux ans. Non ?

—Oui, oui bien sûr, ce n'est pas ce que je veux dire... mais je ne comprends pas !

—Tu ne comprends pas ? Tu ne comprends pas, parce que tu ne sors pas de ta petite sphère, parce que tu imagines que tu portes la famille, que sans toi personne ne peut survivre. Tu as fait de Simon ton pantin et tu ne supportes pas que je te fasse de l'ombre. Je vais t'en faire encore plus mon pauvre Fabien parce que ton égocentrisme me gonfle a un plus haut point. Marie est la fille d'Antoine de Landelaure. Tu sais ceux pour qui tu aurais vendu ta mère si tu avais pu entrer dans leur monde, ceux pour qui Simon fait des ronds de jambe en se prenant pour un Lettré. Je vis dans un monde que tu n'aborderas jamais, un monde de gens friqués mais bienveillants, riches mais empathiques. Tu n'es qu'un arriviste qui s'imagine que le pouvoir ne fonctionne qu'avec l'argent et le paraître, que d'avoir des racines ancestrales font de toi un bourgeois au-dessus du lot. Mais tu sais, Fabien, on rencontre des gens charmants quand on s'intéresse plus à l'être qu'à son portefeuille. Tu me gonfles, Fabien, non, tu me fais carrément chier avec ta suffisance et ta bourgeoisie de merde ! J'ai gardé tous vos courriers parce que je ne suis pas sûr que l'on me croira si un jour je raconte ce que vous m'avez écrit, toi, Simon ou papa. C'est tellement énorme vos conneries que ce n'est pas prouvable sans preuve. Vous me dégoutez ! Allez-vous faire foutre ! Je suis venu voir mes enfants et uniquement mes enfants.

Il se tourna vers Talison en proie à un énervement extrême. Fabien, choqué ne trouvait pas les mots pour répliquer.

—Mais comment peux-tu te permettre de parler ainsi à ton frère, explosa Simon, fais des excuses immédiatement !

Zacharie se retourna lentement et alla s'asseoir sur le canapé. Il alluma une cigarette.

—Après tout ce qu'il a fait pour toi, alors qu'il t'a donné la possibilité de faire de belles études, qu'il a soutenu tes enfants, tu n'es pas reconnaissant et tu te conduis mal ! C'est inadmissible ! ajouta Simon.

—Simon, s'il te plait Simon, répondit calmement son jeune frère, Simon, je t'en prie tais-toi ! Tais-toi !

La longue tirade de Zacharie avait laissé une atmosphère pesante. Timothée et Camille étaient partagés entre leur amour pour leur père et l'affection bienveillante pour les deux oncles. Ils comprenaient le ressentiment de Zacharie et se sentaient blessés pour leurs oncles. Fabien était silencieux, assis dans le fauteuil faisant face au canapé, la tête dans les mains, il semblait anéanti.

—Finalement, je comprends mieux, dit ce dernier en relevant la tête, ça aurait été si simple de nous le dire dès le départ, nous nous serions moins inquiétés.

—J'ai peur de ne pas bien comprendre….

—Ah ben moi en tout cas je comprends bien que tu n'aies pas voulu nous le dire aussitôt, c'est normal, on a tous notre petite fierté. Mais bon sachant que nous étions inquiets tu aurais dû penser à nous rassurer plus vite. Maintenant j'espère que tu n'abuses pas trop des parents de Marie.

—Ah ben si c'est ça j'avais bien compris…. Putain ! Tu arriverais à me faire rire ! C'est fou ! Mais qu'est-ce que j'ai pu faire pour que vous ayez une si piètre opinion de moi ? C'est hallucinant !

—Mais enfin, mon petit Zacharie, intervint Simon, n'oublie pas les bêtises que tu as faites quand tu étais adolescent. Nous ne pouvions pas te faire confiance. Tu as toujours été immature !

—Mais bordel ! J'étais ado ! Heureusement que l'on est immature à l'adolescence, j'ai grandi depuis. J'ai vieilli, alors oui je te l'accorde j'ai peut être été immature dans le choix de mon épouse, mais là, maintenant, est-ce que je suis toujours le même gamin pour vous ?

—Mais tu es notre petit frère ! Nous te verrons toujours comme notre petit frère !

—Et moi je vous verrai toujours comme deux vieux cons ! répondit-il en allant sur le balcon.

—Voilà, tu vois, tu es insolent !

—Oh ça va Simon, ça va, c'est bon là, j'ai ma dose !

Il était partagé entre en rire ou en pleurer. Marie qui tout le temps de la conversation était resté sur le balcon à essayer de joindre son fils, s'approcha pour le réconforter.

—*Cálmate cariño, sabías que iban a reaccionar así.* (Calme-toi chéri, tu savais bien qu'ils allaient réagir ainsi.)

—*¡ No, pero no es posible, no es posible! Ahora está bien ! ¡ Recoge a Thibault y nos vamos !* (Non mais ce n'est pas possible, ce n'est pas possible ! C'est bon là ! Récupère Thibault on s'en va !)

—*¿Zac, no y tus hijos?* (Zac, non tes enfants !)

—*Me da igual, vendrán a vernos a "la Mélune", ¡ ¡ya me harté ! ¡ Me paro ahí ! ¡ Nunca volveré a Talison ! ¡ Nunca jamás !* (Tant pis, ils viendront nous voir à la Mélune, j'ai eu ma dose ! J'arrête là ! Je ne reviendrai jamais à Talison ! Plus jamais !)

Elle le prit dans ses bras pour tenter de le calmer. Hélène qui avait compris leur conversation se précipita prévenir Timothée et Camille. Ils s'étaient faits discrets jusqu'à présent voulant laisser les trois hommes régler leur conflit, mais là, Hélène poussait son mari à intervenir. Celui-ci alla rejoindre le couple sur le balcon.

—Papa ? Hélène me dit que tu veux partir.

—Oui, Tim, désolé, ils sont indécrottables. Ça ne sert à rien d'insister.

—Papa, tu ne peux pas nous faire ça ! S'il te plait, papa, s'il te plait.

Zacharie, inflexible, traversait déjà le salon déterminé à partir.

—Oncle Fabien, s'écria Camille, Oncle Simon, faites quelque chose ! Ne le laissez pas partir ce soir.

—Zacharie, ta fille a raison, reste là ! C'est nous qui partons, lança Fabien en se dirigeant vers la porte, nous étions juste passés en coup de vent. Viens Simon, laissons-les. Les enfants doivent profiter de leur père…. Au revoir tout le monde ! Zac on te voit demain rue Saint-Louis ?

—Je ne pense pas non !

—Tu ne peux pas faire cela aux parents tout de même ! Ils comptent sur toi, je leur ai dit que tu étais là.

Il préféra retourner sur le balcon allumer une cigarette plutôt que répondre à son frère. Il savait que son père avait une opinion encore plus négative que ses fils et n'avait aucunement envie de les affronter tous les trois.

Les deux hommes saluèrent rapidement leurs neveux et nièces et quittèrent l'appartement. Simon fût révérencieux vis-à-vis de Marie, maintenant qu'il savait qu'elle était une demoiselle de Landelaure. Zacharie ne répondit pas à leurs salutations, accoudé au garde-fou du balcon, il regardait Talison.

—Papa ? appela Timothée, papa ? Viens t'asseoir avec nous.

—Je suis désolé Tim, répondit-il en passant la porte fenêtre.

—Désolé de quoi ? On se le demande !

—Je n'aurais pas dû m'emporter de la sorte, pas ici, pas devant vous.

—J'ignorais que tes relations avec eux étaient à ce point là.

—Si ça peut permettre de vous faire comprendre pourquoi je ne reviens pas à Talison…

—J'avoue que je réagirais pareil. Entre maman et les oncles j'admets que tu n'as pas eu beaucoup d'autre choix.

Camille et Timothée découvraient une autre facette de leur père. Il était triste et tentait de cacher son mal être. Ils se souvenaient de Zacharie, qui riait parfois avec eux quand ils étaient petits, jusqu'à en perdre haleine. Ils étaient trop petits pour comprendre que les larmes de joies qu'ils voyaient couler sur ses joues étaient en fait des larmes de tristesse. Il savait cacher ses blessures, mais là ce soir, ils voyaient bien qu'il n'y arrivait pas. Il était dévasté.

—Où est Marie ? demanda-t-il après un long silence.

—Dans le couloir, elle parle avec Tanguy je crois, répondit Camille.

—Ah ! Elle a enfin réussi à le joindre !

—Comment est-il papa ?

—Tanguy ? Oh ! c'est un glandeur, mais un glandeur qui réussit, il a tout fait, tout essayé, il y a des fois où c'est un peu fatiguant mais il est terriblement drôle, beau parleur, plein d'esprit et toujours prêt à rendre service.

Marie pénétra dans la pièce.

—Zac ? Tanguy veut te parler, dit-elle en lui tendant le téléphone portable.

« Hello Tanguy ? Tout va bien ?
Oui et non !
Ah non épargne-moi les complications ce soir !
Tu as une toute petite voix ! Ça va toi ?
Ouais… si on peut dire
Maman m'a dit que tu t'étais disputé avec tes frères ! Ça va quand même ?
Ouais…
Bah ! Depuis le temps que tu veux leur dire ce que tu penses j'espère que tu as lâché le morceau !
Hum…
Le problème maintenant c'est de savoir s'ils ont compris ! Parait que Simon a fait des croupettes à maman ?
Maintenant qu'il sait qui elle est, il n'en peut plus !
Tu devrais être content ! Il va enfin te caresser dans le sens du poil !
Non merci ! Je m'en passerai sans problème !
Ah bon ? Oh ! Allons mon petit Zacharie, tu n'es pas coopératif !
Ah ah ah ! Simon sort de ce corps ! Bon j'imagine que ce n'est pas pour imiter Simon que tu voulais me parler !
Non mais j'ai réussi à te faire rire !
Tu y arrives tout le temps
Mais oui, que veux tu je suis irrésistible !
C'est ça oui ! Ton égo va bien ?
Mon égo va très bien ! Bon aller, ça c'est fait ! T'es avec tes enfants et demain tu diras merde à ton père… enfin si tu oses.

On n'y est pas encore

J'avoue que tu n'as pas encore sauté le pas, mais bon il ne faut pas désespérer.

Oui c'est ça ! Bon tu es où ? Parce que ta mère n'en pouvait plus de ne pas te joindre.

Je sais, elle me l'a dit... enfin je me suis fait remonter les bretelles ! Tu connais maman, quand elle ne peut pas nous avoir au téléphone c'est Tchernobyl dans sa tête ! Mais quand je conduis je ne réponds pas au téléphone.

Tu conduis ? Parce que tu es où ?

Là présentement je suis devant un rond point avec une déco équestre un peu bizarre mais jolie.

Une décoration comme ça sur un rond point j'en ai vu qu'une et c'est à l'entrée de Talison !

Eh ben... c'est justement là que je me trouve.

Mais qu'est-ce que tu fais là ?

Je cherche ma route.

Tu es à Talison ? Pourquoi ?

Tu te rappelle le cheval que je voulais acheter la semaine dernière ?

Oui je t'ai dit que j'irai le voir lundi

Oui je sais mais le type m'a appelé ce matin pour me dire qu'il avait un autre acheteur qui était prêt à le prendre dès demain, j'ai sauté dans le camion et j'ai roulé toute la journée. Vu l'heure je me suis dit que c'était mieux de passer par Talison pour qu'on puisse y aller ensemble demain matin.

Mais tu ne pouvais pas le faire patienter ?

Non, il n'a jamais voulu et comme je veux absolument ce cheval je n'ai pas eu le choix

Ça sent l'arnaque Tanguy ! Si ça se trouve c'est une vraie carne ! Tu en feras quoi si c'est une haridelle !

Une hirondelle ? J'en ferai un cheval volant, j'aurais mon Pégase à moi.

Mais non patate une haridelle, un bourrin !

On verra demain, en attendant j'aimerai bien arriver et sortir du camion. Tu me guides jusqu'à un hôtel ?

Ok ! Bon au rond point tu prends direction centre ville.

Allez roule ma poule. Je te mets en haut parleur... tu m'entends ?

Oui, oui, j'entends le camion aussi...

Ah ben on n'a pas dit qu'il était neuf !

Tu vas passer devant un grand mur en brique rouge, si tu peux voir à cette heure là c'est le Haras National. »

Zacharie avait retrouvé le sourire et profita que son fils conduisait pour prévenir Timothée de l'arrivée imminente du jeune homme.

—Super ! dit celui-ci, ce n'était visiblement pas prévu ?

—Ah non, jamais rien n'est prévu avec Tanguy, répondit-il en riant, mais ne t'inquiètes pas, il va aller à l'hôtel.

—Il passe ici avant quand même ?

—Ça ne te dérange pas ?

—Papa, j'ai envie de le connaître depuis si longtemps !

« *Allo, Allo ! Ça à l'air chouette ton haras ! Bon, je suis devant un autre rond point, je fais quoi ?*

Oui il est très beau. Tu prends la première sortie et tu continues jusqu'au bout, la rue tourne légèrement sur la gauche tu continues jusqu'à un feu rouge.

Ah voilà le feu mais il est vert... c'est le même ?

Roooh.... Tu vas tout droit un peu plus loin à ta droite il y a une grande place et au bout une rue assez large, tu vois ?

Oui

Bon, tu vois un hôtel à l'angle de la rue ?

Heu... ah oui, je le vois.

Ok alors un tout petit peu plus loin il y a un immeuble avec des balcons

Oui, attends j'arrive dans la rue.... Ah... Ouais je vois... c'est toi qui me fait des signes ?

Oui, gare-toi, il y a de la place devant ma voiture.

Ok, j'arrive !

Tim t'ouvre la porte de l'immeuble. »

Marie vint le rejoindre sur le balcon.

—Il t'avait dit qu'il était à Talison ? lui demanda-t-il.

—Oui, il voulait te faire la surprise.

—Ah ben en plus ça tombe bien, ça va me donner une raison pour ne pas aller demain chez mes parents.

—Tu ne vas pas pouvoir y couper... au moins pour ta mère.

—Oui, mais j'ai une raison pour ne pas y rester manger. Le voilà !

—Laisse-les faire connaissance...

Timothée était tellement impatient de rencontrer son demi-frère qu'il attendait devant l'ascenseur. Il fût surpris de voir son père âgé de trente ans en sortir. En effet, Tanguy ressemblait trait pour trait à Zacharie. La taille, la silhouette, la démarche était identique. Leur seule différence au même âge était la longueur des cheveux : Tanguy les avait dans le dos, très blonds et attachés en queue de cheval. Avant son départ de Talison, Zacharie avait toujours les cheveux courts. Depuis vingt ans, il les portait légèrement plus longs.

—Bonsoir, dit Timothée encore sous le choc.

—Bonsoir, répondit le garçon enjoué, j'imagine que tu es Timothée, j'espère que ça ne te dérange pas que je m'impose ainsi ?

—Non, non, pas du tout ! Papa nous a beaucoup parlé de toi et nous avions vraiment envie de te connaître. Entre !

Camille, Hélène et Alain attendaient près de la porte du salon.

—Je te présente Camille, ma sœur. Hélène, ma femme et Alain, mon beau-frère.

—Et sur le balcon ton papa et ma maman répondit Tanguy en saluant les uns et les autres et le vermicelle il est où ? ajouta-t-il en embrassant sa mère.

—Il est couché et comme ils sont à trois dans la même chambre ils sont en train de faire une nouba d'enfer, répondit-elle.

—Et tu ne dis rien ? Hum c'est l'air de Talison qui te fait de l'effet ?

—Pffffffff ! Tu vas me faire passer pour une marâtre !

—Meuuuu non, môman ! Hello Zac !

—Salut !

—Bon, je ne suis quand même pas venu les mains vides, reprit-il en ouvrant son sac à dos, alors d'abord je t'ai ramené ça...ajouta-t-il en tendant un paquet à Zacharie.

—Ben, je l'avais oublié ?

—Ah non ! Mais avec ta manie de tout mettre sur le toit de la voiture quand tu pars, toi tu es parti mais ça c'est resté sur place ainsi que ton portefeuille, tes lunettes et ton briquet !

—Ooooooh ! Bon Timothée je suis désolé le paquet a un peu souffert...

—Ah ben oui ! Il n'a pas aimé le vol plané, se moqua Tanguy.

—C'est ton cadeau d'anniversaire, mais bon ça ne casse pas.

—Ah non ce n'est pas comme les bouteilles de vin, elles, elles n'ont pas aimé du tout !

—Chuuuuuuuut.

—Ah ? Parce que maman n'est toujours pas au courant ? Ah ben bravo, murmura-t-il.

Timothée était subjugué par la connivence que semblait partager les deux hommes. Il était clair que ces deux là s'entendaient bien et avaient une complicité sans faille. Zacharie avait repris son sourire au contact du jeune homme et la dispute avec Fabien et Simon étaient déjà oubliée.

—Qu'est-ce que je devrais savoir ? demanda Marie qui avait l'ouïe fine.

—heu.......rien ! Tiens Tim, ouvre donc ton paquet ! dit Zacharie espérant changer de conversation.

Le jeune homme déballa son cadeau sur la table basse. Il découvrit un livre sur l'évolution de la médecine du XIVe siècle à nos jours. Il était ravi. Le livre était relié pleine peau et le titre gravé en lettres dorées sur le cuir marron. Il comportait des reproductions de gravures anciennes et des photos plus récentes.

—C'est magnifique, papa, merci beaucoup. Il est splendide !

—Alors que leur est-il arrivés aux bouteilles de vin ? insista Camille qui se doutait aux yeux rieurs des deux complices que c'était quelque chose de drôle.

Zacharie et Tanguy firent la moue en même temps.

—C'est-à-dire que… commença Zacharie, on avait des cartons de vin à mettre dans le coffre, Tanguy en avait deux dans les bras, moi un et je l'ai posé sur le toit de la voiture pour ouvrir le hayon arrière. Et puis nous sommes allés rechercher les deux autres cartons et nous sommes montés en voiture.

—Comme Zac ne sait pas faire de départ en douceur, continua le jeune homme, il a reculé en trombe mais en même temps il s'est souvenu du carton sur le toit ! Du coup la voiture a fait un bond en arrière et a pilé quasiment aussitôt !

—Nous avons entendu le carton glisser sur le toit, puis il a atterrir sur le perron et à continué sa course jusqu'à la porte.

—Quand on est allé voir, les bouteilles étaient nickel…

—Enfin en apparence

—Oui, parce que quand on les a soulevées il n'y avait plus un seul cul de bouteille en état et le carton était en confetti en dessous ! Mais surtout il y avait une longue trainée de vin sur tout le perron ! On a été pris du fou rire

—Et quand Marie est arrivée, on riait tellement que nous n'avions pas fini de nettoyer !

—D'accord, je comprends mieux ! s'exclama-t-elle, et c'est deux nigauds là m'ont dit que le carton n'avait pas résisté au poids.

—Ben ce n'est pas faux ! Le poids de l'attraction terrestre est intense ma petite maman, répliqua Tanguy.

—Tu ne dois pas t'ennuyer avec eux Marie, dit Alain en riant, ils ont l'air d'avoir une complicité terrible.

—J'ai deux gamins à la maison, conclut-elle

—Bon ce n'est pas tout, mais si tu veux bien que l'on change de conversation, j'ai autre chose dans mon petit cabas, dit Tanguy en fouillant dans son sac à dos qu'il tenait toujours à la main, j'ai retrouvé ça sur ton bureau ! Cette fois tu l'as bien oublié.

Il tendit à Zacharie un petit paquet en longueur. Le papier d'emballage était usé aux angles et le bolduc tout effiloché.

—Oh ! lança Zacharie, oh ! Le cadeau de Tim !

—Encore un cadeau pour moi ? Mais j'adore !

—Oui, mais attends de l'avoir ouvert avant de dire que tu aimes parce que ça fait vingt ans que je dois te le donner. J'avais acheté ça pour tes dix-huit ans, le fameux soir de mon départ et depuis tout ce temps, je le traîne partout en disant qu'un jour je te le donnerai en mains propres, vu les circonstances pour lesquelles je ne te l'avais pas offert. En quatre-vingt quinze, je l'avais dans ma poche, mais je l'ai ensuite perdu dans la voiture et cette année si Tanguy n'était pas venu tu ne l'aurais encore pas eu.

—Heureusement que tu ne t'es pas barré à sa naissance autrement tu lui offrirais un hochet, répliqua Tanguy en provoquant l'hilarité générale.

Timothée découvrit dans une boite en longueur, une gourmette en argent avec une plaque d'identité à son nom.

—Oh ! Alors là ! Papa ! Oh…

Le garçon se mordait les lèvres d'émotion. Il avait tellement espéré cette gourmette pour ses dix-huit ans, qu'il était ému de la posséder enfin.

Le lendemain de son anniversaire en dix-neuf-cent-quatre-vingt-cinq, quand il avait vu l'appartement dévasté et son père disparu, il en avait oublié la gourmette qu'il avait tant désirée. Plus tard, sa grand-mère avait voulu lui en offrir une, mais il avait refusé. C'était de son père qu'il aurait voulu la recevoir. Il avait enfoui sa déception au plus profond de son cœur.

Ému, il se leva pour l'embrasser.

—Je t'en prie papa, ne te barre plus ! dit-il la tête au creux de l'épaule paternel.

Tanguy avait lui aussi du mal à cacher son émotion. Il connaissait la chaleur de l'étreinte de Zacharie, pour en avoir largement profité et comprenait ce que pouvait ressentir Timothée. Camille, assise près d'eux, serra la main que son frère lui tendait discrètement. Il la tira légèrement pour qu'elle vienne se joindre à eux. Ce qu'elle fit sentant les larmes lui monter aux yeux. Tanguy ému, remua sur son fauteuil pour se donner une contenance. Timothée lui fit signe et il s'approcha. Les deux enfants lui firent une place de façon à ce que Zacharie puisse les étreindre tous les trois.

—Oh putain ! Papa ! Pourquoi tu n'as pas élevé tes trois enfants ensemble ? dit Tanguy.

Marie, Alain et Hélène les regardaient avec plaisir. La famille était enfin réunie au complet.

Épilogue

Comme il l'avait pensé, la rencontre avec ses parents, le lendemain ne se passa pas bien. Fabien et Simon avaient révélés l'identité de Marie et comme ses fils Geoffrey eut peur que Zacharie abuse des bontés d'Antoine de Landelaure. Par respect pour les enfants, Zacharie et Marie prirent juste l'apéritif et prétextèrent un rendez-vous avec Tanguy pour partir. Ils quittèrent le 15 rue Saint-Louis avec la ferme intention de ne jamais y revenir.

L'été suivant Timothée, Hélène et les enfants, Camille et Alain passèrent le mois de juillet à la Mélune. Ils y découvrirent un père différent, serein, chaleureux et surtout ils apprirent à connaitre un peu mieux Tanguy et sa mère. Ils comprirent également le profond attachement qu'il y avait entre ces trois êtres qui s'étaient toujours respectés.

Pour rester dans ce qui désormais était devenue une tradition, il invita toute la famille le 12 mai 2007 sans leur dire qu'ils étaient invités à son mariage. Après vingt-deux ans de vie commune, Marie et Zacharie légalisaient leur union.

Fabien, Simon et Geoffrey durent admettre leur erreur en découvrant outre la Mélune et le centre équestre attenant, les relations de Zacharie avec des diplomates, des hommes d'affaires et surtout avec la famille de Landelaure leur certifiant qu'ils étaient admiratifs de la capacité de travail de Zacharie.

Sans le savoir Antoine de Landelaure affirma à Fabien qu'il n'était en rien dans la réussite de son gendre et qu'il regrettait même que celui-ci n'ai jamais voulu venir travailler avec lui.

Zacharie venait tous les ans fêter l'anniversaire de Timothée mais refusait catégoriquement de revoir ses parents et ses frères. Il ne se déplaça pas lors du décès de Geoffrey lui gardant une profonde rancune vis-à-vis des lettres qu'il lui avait écrit lorsqu'il était à Pretoria. Il prit l'habitude de téléphoner à Jeanne régulièrement, mais c'était rapide et sans vraiment de chaleur.

La Mélune se trouvait dans un désert médical et le maire sachant que Zac avait un fils médecin proposa de lui faciliter les choses si celui-ci acceptait de venir s'installer au village. Après quelques hésitations, Timothée accepta et dans son sillage il emporta Camille et son mari qui s'y installèrent également. Souhaitant changer de métier, ils ouvrirent une épicerie proposant les produits locaux.

La famille Aubert était très appréciée de ses concitoyens si bien que Zacharie fut élu à l'unanimité maire de la commune l'année d'après.

Fabien et Simon l'apprenant furent anéantis.

Sans le vouloir, sans le savoir Zacharie avait eu sa vengeance.

Remerciements

Merci à Jacques qui n'a jamais douté
Un merci particulier à Eva pour les traductions
Colombiennes
Et Jim pour les traductions Anglaises